Heibonsha Library

名ごりの夢

平凡社ライブラリー

Heibonsha Library

名ごりの夢

蘭医桂川家に生れて

今泉みね著
金子光晴解説

平凡社

本著作は一九六三年十二月、東洋文庫の一書として平凡社より刊行されたものです。
作品中の語句や表現については、時代的な背景を考慮してそのままとしました。

著者肖像（昭和10年１月　81歳）

はしがき

母は昔語りをすることが好きでなかった。自分のうちのことを言うのは、とかく自慢話になるからと遠慮していた。母は情が深すぎて父のことを思い出すのもつらいくらいに慕っていた。どうかして忘れたいと思っている程なのを、私が自分の出していた雑誌の原稿不足の穴埋めに、ちょっと変った母の昔語りを載せてみようと、むりにせがんで話してもらったのが、本書のできたもととなった。母の八十一（数え年）から亡くなる昭和十二年の八十三の四月まで、毎号欠かさず雑誌「みくに」にその話をのせた。母が私に語っている間に妻は筆を走らす、孫たちは祖母の膝により袖にかくれて聞いている、姑と嫁を通り越して真の親子も及ばない程ぴったり一つになった心と心で書き綴ったこの書は、いわば一家の合作である。「こんな雑誌は世界中にあるまい。親子一家総がかりで、しかも八十の老人をひっぱり出した所はすばらしい。まとめて本にしては」とデンマーク帰りの義兄が力こぶを入れて励ました。

尾佐竹猛先生からは幕末維新史の珠玉だとの過分のおほめもあり、読者の評判もいいので、みくに社の同人たちの骨折りで昭和十五年のくれに、この書が最初に出版された。ところが自家版では惜しいと言う方もあって、長崎書店から公刊されたのが翌年の十月であった。文部省の推薦図書になったり、NHKから放送されたり、当時の政情にしては、意外に読者によろこばれた。その後東京の空襲で長崎書店は焼け、紙型もなくなり絶版となっていたが、今回、平凡社の東洋文庫と言う、意義深い企ての一環に加えられて、本書も再び世に出ることになったのは、望外の幸である。月世界への旅がすぐ始まろうという世の中に老人の昔語りでもあるまいと、地下の母は恐縮していることと思うが、私としては本書を通じて、とけるような愛の瞳、真似のできない、たくみの話しぶりが、まざまざと思い出されて心のあたたまる思いである。

ここに平凡社の方々の異常な御熱意と御理解に心からの感謝を申し述べたいと思う。

昭和三十八年十月

白萩のこぼるる夕

不肖　今泉源吉

目次

図版目次

名ごりの夢
——蘭医桂川家に生れて

維新前の洋学者たち

私の見た洋学者たち

私の目にうつった柳河春三さんはとてもおもしろい人で、この方がいらっしゃると家中笑いこけてそのおもしろいことといったら今も忘られません。第一容貌も一見人がふき出さずにはいられないようでした。ちょっとした手踊りなどお上手にされ、御酒の席ではあれお茶の時ではあれ、御自分のお作りになった小唄などに合わせて遊ばす時の手つきやお身振り、思い出しても目に見えるようで、まあよほどの即興詩人でいらしたようです。中でもおはこは、

わたしは　かさいのげんべぼり
かっぱの倅《せがれ》でございます
わたしにご馳走なさるなら
お酒に　きうりに　尻ご玉

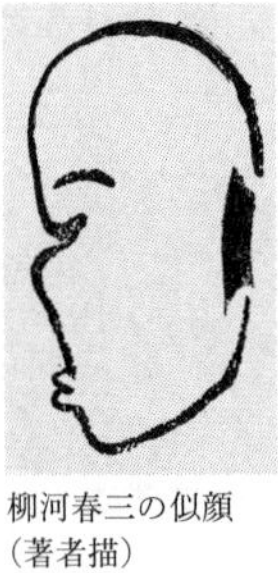
柳河春三の似顔
（著者描）

といって二本指を鼻のところにあてて、引きこんでおしまいになる時の御様子は誰だって笑わずにはいられません。

また書の名人でいらしたことはすでに有名なことでしょうが、満三歳の時の書がお国元尾州の殿さまの所に残っていますそうでして、それはなんでもお三つのとき、御前で何かたくさんに書いて御覧に入れた際、「もういやになった」と遠慮もなく書いて居並ぶ人々をアッと驚かせたというほどの方ですが、おちいさな時からそんな方であったとは思えませぬくらい磊落《らいらく》で、私などずいぶん可愛がられたものでした。私の誕生日の祝にもそれはそれは喜んで下すって、すぐさま二葉の小松の絵に賛として、お歌と詩とを添えてお書き下されたというものが茶がけの軸になって、八十年後の今日なお手許にございますが、

うら若きふたはの小松今よりそ　千歳の色はかくれさりけり

との仮名文字は実にお見事だとどなたにも言われます。

そのころ私の家には、いろんな方達が出入りされておられました。家は代々蘭学をいたしておりましたもので、およそ洋学に志す人達はみんな集まっていまして常も賑やかでした。柳河春三、神田孝平、箕作秋坪、成島柳北、福沢諭吉、宇都宮三郎さん方のお顔はとくによくおぼえています。皆さんが代る代る私の遊び相手になって下さることがありましたが、福沢さんのお背中が一番広くておんぶ心地がよいなどと申したものです。それから牡丹の花の咲いたお庭で、大岩をまん中にして、戦さごっこをしましたが、福沢さんは、私をおんぶのまま二足か三足で身軽にその岩をとび越えられたり、また割合いにお近くだったおうちへ私をおつれになって、お机の引出しからあちらのおみやを出して下すってまたおんぶで送っていただいたことなど、ハッキリと記憶していますが、その時の品がまだちゃんと残っておりまして、先年慶応での展覧会のおりにもおだしいたしました。

成島さんはお背も高く、ことにお顔の長い方でしたから、何となくお馬の感じがしました。実際お馬の踊りを遊ばす時などよくお似合いだと思ったことです。箕作さんはまじめ一方の方でお子様方も勉強家、二人の息子さんが本を持ってお庭の木蔭に勉強に来られたことなども始終ございました。神田さんはあの乃武さんのお父様で、乃武さんとは私も遊んだことが

あります。その歌にこんなのがあったのを空覚えのように憶えておりますが、

我おもひ立にしことははたた神　鳴もならすも空にまかせむ

宇都宮さんといえば化学を日本に始められた最初の方のお一人で、いつも皆様の前でいろんな実験をしておられました。それがあんまり熱心であんまりお長いので、チョコチョコ覗《のぞ》きに行く私は、「お鉄《てつ》の蓋《ふた》のお話はもういやいや」なんて申して逃げたこともありました。

さてそのころの皆様のお身なりはとよく聞かれますが、それはごくごくお質素のようでした。お召物もお袴も太地の手織もの、宇都宮さんはいつも紬《つむぎ》の大きな五つ紋を召しておられたことが眼の底に残っています。そうしてこういう方達がめいめいもちもちのかくし芸などして、うちはよい遊び場所でもあったようでした。朝などあんまり大勢で、おみおつけの実がなくなり「桂川の山吹汁」……みの一つだになきぞ悲しきは当時有名だったそうです。また「あやめかきつばた」といってそれらの人達がそれぞれ御自分の似顔を書いた本がございましたが、いつかしらなくなってしまったことはいかにも残念です。今見たらどんなに興味深くもまた皆様をなつかしく偲べるかしれません。

何せよその当時はほんの子どものことで私にはなにもわかりませず、ただ皆様がやっぱり

子どものように遊んでおられたとしか思われませんでしたが、時にはまじめに今言う各人の学理や研究の発表のようなこともされ、造物者とかゴッドとかいう語もそのころから私は耳にしたものでございます。そうして世間からは桂川の道楽坊主道楽坊主などといわれますのを、幼心にもおもしろくなく憤慨《ふんがい》したものでしたが、まったく今からしてみても、諸藩のこういう人達――当代の名流、新学をもってきこえた人達を集めて、朝夕一見は遊び気分にのみ浸っていたかのように思われたり見られたりしていたか知れませんが、そこには祖国の前途に見とおしがついていて、次の時代に対する大いなる志も計画もあり、必ずやその笑いの裏には血の涙があってのことと、このごろになって肯《うなず》きもされ、同時に意を強うする次第でございます。

蘭学書生かたぎ

このごろのお若い方達は腕時計とにらめっくらのようで、始終機械のように動いておられるのを見ましても、あの当時の書生さん達のゆったりさかげんが思い出されるばかりです。

まったく日のかんじょうも時のかんじょうもなく、人のものか我がものかの区別さえも超然として、頭にはただ書物あるばかりといったようでした。たとえば袴のようなものでも、今日の仙台平は明日は小倉袴になっていましたり、と申しますのは、人のものでも平気にはいたりはかれたり、ああこれはちょうどよいなどというぐあいで、細かいことはさらに意にとめません。お金などのことも実にきれいといいましょうか、無邪気といいましょうか、なにもかも忘れてしまって、欲はただ本の勉強。ちとふところがおさびしそうだと思えばそれは惜し気もなく本になっていたり、またみなさんで夜たかそばにも行かれたものでした。

あの福沢さんでさえ、夜たかそばの立ち食い連中のお一人で、ある晩おそばはすませましたが、懐中は無一文、ふところは厚い洋書でふくらんでいるばかり、しかたなく襦袢《じゅばん》をぬいでわたして来られたということなどもきいておりました。こうしたのがそのころの書生さんかたぎとでもいいましょうか、邸にもおもしろい話がございます。

それは古くから出入りしていた良安とかいった按摩がございましたが、ある晩邸に泊ることになり、玄関わきの書生さん達の部屋の近くへ引きとりました。時期はちょうど蚊の出るころ、蚊帳は大入用でしたのに、その部屋に備えつけのものは、だれが持ち出しましたか、多分それも当座の間に合わせに入質にでもなって、例の書物にかわっていたのかも知れません。「さあさあ良安さん、こちらへお休み下さい」と手を引いて案内はして来ましたけれど、困ったことにはそこには蚊帳がありません。按摩は何も知らず、「恐れ入ります、どうか皆様おひきとりをおひきとりを、ご免くださいませ」と申して、やおら腰のお扇子をひらいて、パアッパアッとあおいで蚊帳をあけにかかります。こちらは、二人の者が大きな麻の風呂敷をひろげて、両方から按摩の前にいかにも蚊帳と見せかけて上手に垂らしておりますが、おかしくておかしくて今にも吹き出さんばかり、知らぬが仏の按摩は、いよいよその風呂敷なる蚊帳をかぶって、ぱぁーいと向こうへ出て手探りにあちこちさわりながら床の中へ落ちつきましたが、やがて「これはこれは」ピチャリピチャリッと、おでこを叩くその様子、書生さん達はおかしさをこらえこらえていますが、奥に知れては一大事と、その夜はかわるがわる知れないように蚊をあおぎとおして朝になったといいます。吊ってやる蚊帳はなくてもなんとなく呑気なお話でございます。

宇都宮三郎さん

宇都宮さんについても、折にふれ心にうかんでなつかしいまたおもしろい憶い出の数々があります。どの時期からどのころまでであったかしれませんが、なんでも宇都宮さんも桂川にはよく出入りされた方、と言うよりももっとお近しくて家人も同様、ことに私の叔父桂川主税（のちに藤沢志摩守）とは親友であったということで、大の桂川びいき、よほどの桂川好きでいらしたとみえ、自由に来たり帰られたりお通いであそんでゆかれる方は多かった中に、おとまり込みといえば宇都宮さんにきまっていましたというくらいで、あまり年も違わぬ私の父をも、まるで兄弟のように思って慕いもし愛しもしておられたようでございます。

朝から「これがノウとのさん、あれがノウとのさん」と、お国から来いといわれようが、お金をやろうといわれようがうごかないとのさん好き。「なあとのさん、あのなあ、このなあ」と一本の指で鼻の下を横にこすっておられたかと思うと、その指をくるっと鼻のわきから目の辺まで持っていってムニャムニャされたり、両手でお膝をかかえてピョコッと乗り出したりなさるお癖、父のあとを厠《かわや》にまでも追っては話しかけておらるる親しげの御様子などほんとにまだ見えるようでございます。そしておしまいには邸の一部に西洋館を建ててそこに住まわれたようにおぼえています。当時西洋建てといえばずいぶんめずらしかったに違いありません。壁かと思ったところから棚が引き出されたり、引き出しがとび出してきたり、なんと奇妙なことをするのかとびっくりしました。庭なども四角にしきってその広場のまん中には丸い小山のようなものがあったりしました。それからまた宇都宮さんのお指図で時々西洋料理ができましたので、桂川では早くからその西洋料理なども食べていたのでございます。そうして御維新《ごいっしん》のあのさわぎが起りはじめました時なども いろんな方が宇都宮様のお寝台の脇によって談をしてゆかれましたが、ある日も知らせが来て、「今日は何々が攻めのぼってくるから、病中のあなたはどこかへ」といわれて、宇都宮さんは松平右近将監の下屋敷へとうつられてゆかれたようでした。「やす」という女中が宇都宮さん付きで始終御看病やらおこま仕いやらをしていたのでございます。

とにかく日本での化学の創始者と言えば宇都宮さんか桂川甫策と世間で言われるほどの方で、日夜研究に研究を重ねて御自分から石も砕く泥も捏《こ》ねるというぐあいで、あの薬とこれを合わせてこんな火薬ができるとか、セメントはどうすればできるとか、その化学の応用の発明や発見はとても数多く、どんなに世のためにも貢献されたことでしょう。そのほうで功労の多かったことは実に有名だったと思います。ですから御維新前も明治になってからもほうぼうで引張りだこで、いつも多忙に多忙でまた病気勝ちでもありました。御病気はなんであったかわかりませんが、御体中にお痛みのところもあったり、しまいには目のふちやお口元が引きつってゆがんで見えたところからすれば、神経痛のようなもののひどかったんではないかと思われます。

それから宇都宮さんはいつも丸に十の大きな五つ紋の黒のお羽織ときものとをきまって召

しておられました。そうして物質にははじめっからあまりお困りではなかったように見受けられました。藩主の尾張様はもとより、紀州様とか何々様とかほうぼうからの拝領のものがございましたようでした。

ある時もこんなことがありました。たぶん開成所あたりの月給であったかも知れませんが、新しい天保銭をどっしりと無雑作に風呂敷につつんでさげておられましたが、途中であんまり重くなり、焼芋やの中をのぞいたらじいさんとばあさんとがいたのでその中へお金の包みを投げだしたとたんにバラバラッと天保銭がころがり出し、どうしたことかとうろたえ驚く年寄り夫婦をあとにさっさとそこを立ち去ったということや、また両国橋の欄干《らんかん》の端から端へとお金を並べて行ったところ、帰りにはみんななくなっておったが、とアッハッハッと笑われるところなど今時にはない奇行ぶり、そのころの士気質《さむらいかたぎ》というようなものもうかがわれる話でございます。

またもう一つおかしくってたまらないことは、なんのまちがいでしたか町人の一揆が邸に押しよせて来ましたときのこと、むこうは竹槍など手に手に持ってまるで命懸けの勢いでしたが、こちらは宇都宮さんの発案で、さあ来いこっちも支度だと邸中の肥《こえ》をあつめてそれに水をまぜてふやして、ただ今のたわしのようなものの大きなのを棹《さお》のはしにつけて、それを肥どろに浸しては先方にむかってふりまわすのです。桂川の武器は肥だ、糞だ、屁だという騒ぎ、これはたまらんと命がけでと思って出かけて来たいさみ肌のあにい連中もなかばおかしくなって笑いながら引きあげていったものですとか。これは刀をつかったりしたのではお咎《とが》めにもなるのですから、宇都宮さんちょっと気転をお利かせになりました。とのさんには知れんようにという宇都宮さんのおはたらきで、この事件を父は知らずにすみましたが、何月何日糞合戦勝利、吹きださずにはおられません。

これと同じようなことで、それはもう明治になってからでしょうが、アンモニアの実験ですとかなんとかいうふれこみで、試験管に「おなら」をしこんでおいて、参議の大隈さんにかがせましたところ、さすがの大隈さんも苦笑されましたとかいうこともききました。まじめなところはどこまでもまじめでしたが、それでも始終ニコニコとして、考えてもひょうきんなおもしろい方でしたね。こうした逸話はたくさんある方でございます。

　ことくにゆくなら　ことづけたのむ
　ほかに出けたと　ちょと
　いうてきてみておくれ

そのいうてきてみておくれがおもしろいと思います。これを唄っては御自分からよく踊られることもありました。

化学の泰斗はまた武術の達人でもありましたというのは、宇都宮さんのだす息引く息で、先方を自由自在になさるのでした。アッという掛けごえ一つでむこうは毬《まり》のようにひっくりかえります。よくお芝居でアッというと倒されまた倒されするそんなのを見ますが、宇都宮さんはそれ以上だったと思います。じょうだんに戦うようなばあいでも、ここにありと思えばかしこにあり、まったく普通の人ではありませんでした。だれもこの方には切り込んでゆくすきもなかったということでした。ある時も甫策《ほさく》叔父同道で両国橋にさしかかりましたら、四、五人の悪者が前に立ちふさがりましたが、宇都宮さんは例のあて身でまたたく間にのこらず橋から川へ投げ込んでしまいました。アッといえばドブン、アッといえばドブーン、ドブン。宇都宮さんはなんのことはなしにパァッパァッと手をはたいて「甫策さぁん甫策さぁん」には、さきに番小屋にその場をはずしていた叔父もあきれたそうでございます。

「わしゃ運動せんけりゃならん」といわれてときどき天井から枕をつるしてはそれをけあげて天井を破ったとかなんとか、まるで子供のようなことをなされたこともいま思い出しました。

こういう宇都宮さんがまた情けの深い方で、父の病気の折の心配さかげんと申しましたらそれこそ付ききりで昼夜の看護、ある時など父の顔をじいっと見つめていますうち、いつしかポタリポタリ涙をこぼしていました。なにかつめたいなと思うてふと目をひらいてみますと、それは宇都宮さんの涙だったことがわかり、思わず父も枕の紙を濡らしたというシンミリしたおはなしもあるのでございます。

私が最後にあの方にお会いしましたのは、もう御病気も大分重られてからかけつけてまいりましたが、枕頭には二人の速記者がいて、宇都宮さん自身のお口からその経歴談をうかがってしきりに書いている最中でした。まったく平日と少しもかわらず病床のなかからもニコニコと迎えられ、「やあ、よう来て下された、もうお目にかかれんかと思うていましたに」とさもなつかしげに、ちょっと涙ぐまれたようでした。「自分はあと三日はもつじゃろう」などと言われましたが、すべてが透いてみえるようにわかっておられるとしか思われませんでした。次の間には、やはり御自分のおさしずで大工にお棺をつくらせておありになり、それがたしか二つありましたが、そのことでなんとかおっしゃったのでしたが、亡きがらは国におくりますというお言葉だけは頭にのこっていますが、二つのお棺のお入用のわけはつい忘れました。

とにかく宇都宮さんも大人物でおありになりました。そうして数多い花々しい功績を山とのこして眠るように逝《ゆ》かれたのでした。ほんとにこうしたおえらい方でありながら、無邪気で相手の身分も年もなく無学な者でも小児でも決して馬鹿になさらず、むずかしいお話なども骨折っていねいにおやさしくして下すったことはいまさらありがたく思われてなりません。

宇都宮三郎さんが何かで御白洲へ呼ばれた折、あいにくおならがしたくてたまらなかったそうでございますが、なにぶん抜身の槍を突きつけられていますので我慢しながら役人の問にたいし、一言きくと十言こたえると言う調子で、一本指で鼻の下からこすりあげながら、そうしてのう、そやけんど、と滔々《とうとう》と述べ立てましたので、審《しら》べの役人もあっと言ったそうでございます。

「もうそれきりか」

「これきりでございます」

「下れ」

「ぶー」……

くるりと背を向いたとたんにたまっていたのが、ぶーと出て、おならで役人にお受けしたという有名なお話が残っております。

そんなことでもあると、大の仲よしの私の父のところに飛んで来て、「なあ、とのさん、わしがこう言うたら、さきがこう出てのう……」とおもしろそうに話しこんでいらっしゃいました。

舞台がひろく要るからと御客さまを座敷のむこうに押しならべて、御自分だけひろく場所をとって、さてこれからおはこが始まるのでございます。

まず手拭をあごから上へと額のあたりで結び、お尻のはしょり方もいかにも馬鹿げたやり方で、眼をきょろきょろ鼻の下を長く見せ、なんとなく間の抜けた風をしてちょっと着物をつまみ、足を爪立てながら、ぴょこぴょこあるいて来て謡の節でお歌いになります。

おーいおーい　そこな人　そこに十七、八の娘は行かなんだか
げにげに　思い出したり（しさいらしく腕を組みながら）
酒と飲みしは尿瓶《しびん》にて　団子と食いしは馬の糞
屏風と見しはむしろにて　風呂と入りしはくそつぼにて（ぴょんと飛んで鼻をつまみ、みぶるいする）
釣りし魚も吸われたり（さかな籠を残念そうにつるして見て）

よくよく思えば　今の奴めは古狐にてありしよな（思い入れよろしくあって……）
なむさん　行こうまでよ

宇都宮さんがひっこむと座敷中は笑い声が大変でございました。

どこかの大きな大名の御邸に行った時のことだそうですが、厠におはいりになりますと、まるでおざしきのように広い雪隠で、下を見ると鏡のよう、はねかえっては大変でございます。見ると小窓にくろぬりの障子がありました。それをはずして穴をあけ、その見当に肛門をあてがい、ドボン、パラパラ、ドボン、パラパラ、障子にはねかえる音がすばらしく気持がよかったと宇都宮さんは、おもしろそうにお話しなさいました。

汚いお話ばかりいたしましたから、少しおみなりのことを申しましょう。前にも申しましたように、きものはいつも同じで黒の紬に丸に十の大きな五所紋《いっところもん》、下衣はおなんどの無地のようでした。浜ちりめんのむそうの襦袢の袖はなんでも大丸や越後屋で一番の品でした。右左で二十両ぐらいのちりめんをとり出して、「もっとよかとはなかか」と番頭さんを困らせます。一生懸命に見つくろって出しますと、いかにも色と言い形と言い気に入ったかと思うと、「こりゃ、すかん、ほかのにせい」と言う。宇都宮さんはごく古いところのかたがおすきで、もし少しでも新柄がまじっているのを見付けると、ペッペッといかにもいやそうな身振りをなさいましたそうです。今日おもちかえりですかと番頭がきくと、しれたことと言いながら、いままで着ていたきものでも襦袢でもみんなそこに脱ぎすてて着かえて行かれ、番頭さんは大喜びで頂戴すると言う風な淡白な方でございました。帯も博多でやっぱり一番一番で大丸を困らせた品でしたが、それをぐるぐるまいて、その端をただ突っこんでおく、お話に夢中になっていらっしゃると、それがゆるんでくるので、なあとのさん、そやけんど……とおっしゃりながら、キューキュー帯をしめなおしていらっしゃったお姿がいまも眼の前にちらついてまいります。

柳河さんのカンカンノウ

上工尺《カンカンノウ》だけは暗記仕候　近日又あとの曲譜御伝習奉希候……

これは柳河春三さんから父にあてた御手紙の一節でございますが、それを見てもああそうと思い出しますのは、柳河さんのこのカンカンノウの踊でございます。いつもながらその時代が目に見えるように感じます。

なんでも長崎あたりから来たものらしく、起りはおらんだか支那かよくわかりませんが、江戸でもたいそうはやったものだそうでございます。似た唄が二通りありまして、ちょっと口の中で言ってみましても、どうかすると途中でいっしょになってしまうようなこともございます。いまとなっては記憶がはっきりいたしませんので困ります。

もとは鉄鼓をカンカン叩いて胡弓や蛇皮線にあわせて異国情味たっぷりに踊ったものだと言うことですが、私の見ましたのは、これを三味線にのるようにして一人が弾きますと二人が踊って、おしまいはけんいになります。

カンカンノウ　キウノデス
キユハキユデス　サンジヨナラエー
サイホウ　ヒイカンサン
イツピン　ダイタイ　ヤーハンロ
メンクガ　オハヲデ　ヒイカンドン
アイタ　ドテツルツン
アイタ　ドテツルツン

子どものことでよくわかりませんでしたが、なんでも「カンカンノウ　キウノデス　キユハキユデス　サンジヨナラエー」と歌いながら二人が行き違うさまをします。それから片方が相手の胸ぐらをつかまえてゆすぶりますと、一方はそうされるままになっています。「サイホウ」で物をすてるような真似をして、「ヒイカンサン」でまたそれを拾い上げる。「イツピン　ダイタイ　ヤーハンロ」であちらに行きこちらに行き、互いに場所を換えます。「メンクガ　オハヲデ　ヒイカンドン」で握りこぶしをこしらえて、片方がドンとつき出しますと、一方は受身になって、「アイタ　ドテツルツン」とおなかをおさえて、いかにも痛そうな恰好《かっこう》をします。「アイタ　ドテッルツン」を二度くりかえし、とど、けんになるようでした。

これをおひきずりに帯を三尺も垂らした芸者たちがいたしますといかにもきれいな姿でございますが、そんな中に宇都宮さんや柳河さんたちがまじって真似しておやりになって、ときどきおどけたりなさいました。もしやりそこないがありますと、その人はそのたびにお酒を飲まされるのだそうでございます。

宇都宮さんはお器用でおどりもお上手にあそばしましたが、柳河さんは時々調子がはずれて人を笑わせたりなさいました。女達はおかしさをこらえかねてクックッところげていました。子どもはあっちに行けと叱られながら、私もよくのぞきにまいったものでございます。

それから、おらんだ語の唄にこういうのがございます。

イキはミネルに　ハルレンしたが
コストロースで　ベターレン

何でもコストロースというのは小使いがないという意味らしく思います。下の句はいろいろかわったのがあって、

ミュントロースに　シカーメン

というのもあったようでございます。

成島柳北さんもよく見えましたが、この方はお役柄、自分で立って踊るということはなさいませんでした。柳河さんはおもしろい方で、私のような子どもにも親切に説明してくださって、何でも踊りは○と□と△とを順々に静かに書くつもりで手を動かしていればできるよとおっしゃったことがございましたが、さすがに柳河さんは学者だと子どもも心に感心いたしました。

新聞をはじめた柳河春三さんと、化学をひらいた宇都宮三郎さんとは明治文化の二大恩人だという方もございます。手拭をあべこべに鉢巻にして、手を出したり足をひっこめたりして、踊に夢中になっているように見えたお二人も、内々にはみくにの先の先まで考えていろいろ計画していて下さったのだと思いますと、あのカンカンノウのお姿がいっそうなつかしくなります。

きつねこんこん

こんど、ここにはさんだ絵を見て思い出しますが、「きつね、こんこん」というけんは、何でも御維新《ごいっしん》の一年くらい前に桂川の家でよくいたしました。例によって平日は柳河さん宇都宮さんは筆頭でございますが、成島柳北さん神田孝平さんあたりもお仲間、それにときどき芸者もはいることもあって、よくお座敷で賑やかにおやりなさいました。三味線の手は十日戎《えびす》という唄と同じもののようです。

さて、ヨイヨイヨイヨイで、これがはじまりますが、なかなかうまく手はそろわないものです。お器用な方は目のまわるようなはやさでやってのけておしまいになりますのを、下手なものはきじが犬になったり、犬が猫になったり、お馬がたぬきを追いこしたりずいぶんなまごつき方、見ていてもおなかをかかえずにはおられません。まして、麻上下《あさがみしも》もしかつめらしく登城する旗本連、エヘンとせき払い一つでも相手はブルブルするような殿様が、まるで子どものようになって、「ああしまった」などと頭をおなでになるそのおかしさ。

桂川甫周旧蔵の「きつねこんこん」

成島さんはこんなことはいつもおそい方で、やっぱり「しまった」組でした。宇都宮さんもいつものおくせで一本指でお鼻のわきをぐるっとなであげながら、「どもいかんいかん」といわれます。またはじめからできなくて、一言いってはエヘン、二言いってはエヘン、いちいちセキでごまかしなさるむきもありますが、そこへ行くとなんといっても上手なのはやっぱり芸者でした。なかでもおりうという年寄り芸者は先き立ちで、ことく松吉などというのがまるで自分のうちのようにしてあそんでいきました。そしてどなたさまはどうだとかこうだとか、手まねもおもしろくいろんな批評をしたりしたものでした。福沢さんも来合わせたりなさると、おやりにはならずにただまじっておられました。箕作さんもそうでした。石井さんになるとどこまでもまじめなもので、こういうことはちっともおできにならぬ性《たち》でした。それにひきかえ私たちはまねばかりしますので、それこそ納戸でもお縁側でも邸中きつねこんこん犬わんわんの鉢合わせ。

これは桂川でできた歌らしゅうございます。学者のみなさまも、より集まってときどきかたくなった肩をやすめるために、いろんな笑い種をこしらえたものです。父だけはみなの仕ぐさをじっとながめていました。それから芸者がよく来たわけを申しませば、ああいう人達は病気だのけがだのを将軍の御脈をとる御典医に診《み》てもらうなどいうわけにはどうしてもゆきませんので、なにかの口実をつくって、じつは診察を願いたいというようなわけがあったようです。

こういった意味で、ほかにもまだまいった人のなかに杵屋文左衛門《きねやぶんざえもん》がありました。この人は当時長唄の方では三芝居にも出て、その名声を鳴らした人でしたが、指をはらしてぜひ御療治をうけたかったのです。なにしろまだ河原ものなどといったそのころのことで、文左衛門なる大師匠も表向きにはそれがかなわぬものでしたから、七つになる私にお稽古をつける理由で邸へ出入りいたしました。毎日毎日痛い指をかかえて出かけてまいりましたが、当の私はのんきなもの、ほかの者たちがこれ幸いと夢中でした。なにしろ音にきこえたその人からけいこをつけてもらうことは並では大したことで、大名などのところでもちょっとできなかったのを、前のようないきさつで私はりっぱな師匠から稽古がはじめられました。早速うちには舞台ができました。正面には松竹梅かなにかの幕がさがったり、なげしのところには大つづみ、小鼓、三味線、その他いろんなお道具がずっとかけられたことも思い出せます。

それから私のけいこについてひとつばなしがあります。私はよほどおとぼけさんとみえて、お師匠さんがヒイフーミイーヨウというと、イームーナーヤーなんて勝手にあとをつけていってしまったり、お扇子をかざしてすっとたつところを、まるであべこべにパタッとおせんすをしめて座ってしまったり、大分こまらせたとみえます。さすがの文左衛門師匠も、そんなことが度重なるととうとうおなかの虫が承知しないで、ある日、「なにも稽古ですぞ」というきるやいなや、三味線のバチで三味線の台をこわれよとばかりにうちすえました。そのときのこわさ、私はびっくりぎょうてんして、その後は決して、二度とそんなことはなく、何でもおとなしく習ったといいます。女中たちはいいことにして、しばらくはなにかあるとお師匠さまに申しあげますよとよくいわれたことなどもおぼえております。

あの高雄ざんげのお芝居のなかにもある「もみぢばの青葉にしげる夏木立、……われは祖《おや》はらからのためにしづみし恋の淵……」その三味線の音色と同時に、色の白い鼻の高いきれいなおじいさん文左衛門の顔がいま庭の青葉を見ても目のまえにうかび出してきます。

石井謙道さん

石井さんと申しますと、せいのすらっとした、やせがたの、髪の毛をなでつけるようにうしろにぶらっとさせた、眉毛の濃い、色の白い顔の人が、はっきりと眼の前に出てきます。往来で、貧民の子どもが泣いてでもいますと、立ちどまってあやさずにはいられないといった風の真底《しんそこ》やさしみのある方でした。私の父が「石井」とか「謙道」とか呼びなれていましたのも、古くからの弟子で親しみが深かったからなのでございましょう。

この石井さんといっしょにそのお父さんの宗謙様をも覚えておりますが、この方はいつも赤いお顔して、なんでも大変な御酒家だということでした。桂川のうちで急病を起こしてひっくりかえったことがありました。みんな寄ってたかっての大さわぎ、すぐさまガラスの丸い平べったいものでそれに口もついておりまして「すいふくべ」とか申したようです、なかには何か薬もはいっていたか知れません、それを宗謙さんの腕を、二ヵ所しばってその間に、ピッタリとくちのところをあてておりまして時計を見ながら抑えつけていました。どうもはっきりしませんが、ガラスをあてたところの中には、綿かなにかに火をつけたようでもありました。何せよわるい血でも吸いとる仕掛けらしかったと思います。子どもはくるんじゃないと言われて、そばによれませんでしたが、間もなくひっくりかえったのが気がついたとみんなよろこんでいましたので、のぞいてみましたらガラスの中がすっかり色が変っていたことを想い出します。

さて石井さんは御維新《ごいっしん》のあとで、ときめくようになられましたが、こちらは大きな邸から追い出されて、けちな長屋にはいりました。しかし一度御主様《おしゅうさま》とか、先生とかいうた者に対して石井さんは実にものがたく、先方の境遇はどうあっても、御自分の態度はつゆかえなさいませんでした。そしてたくさんな月給をおもらいになり、また人からあがめられるようになればなるほど、時勢に合わず米の代にも困ることになった徳川家の者に同情は深く、決して御自分の出世を誇るようなことはありませんでした。いつまでも御恩御恩と言っては、ハアッと手をつかんばかりになさいました。手紙なども、あくまで主人によこすように書いて来られました。味醂《みりん》ずくめでお野菜など煮て、お重詰めにして、桂川様にあげるとよくよこされましたし、私の父が病気のことなど聞くと、御自分からおいしいものを手にさげて、枕頭に来てすすめるという風でありました。

成島柳北さんはお旗本の儒者でしたが、父とは大変気が合って、御維新後明治政府に仕えることがいやなので、浅草でいっしょに薬屋をして金竜丸とかなんとかいろいろな薬を売り出したことがございます。その時石井さんは私までそんな店屋においては、縁談にもさわるからと心配して、御自分のところに引き取るというはなしになって、私は父のもとをはなれました。

石井さんの役宅は、なんでも大きな大名屋敷を学校にしたその中でございました。よくも覚えませんが、大きな御門でそこをはいってゆきますと道が二みちになり、一方はどれほどあるかも知れない広い広いお庭で、池もあったり、深山のような奥深い所もあって大きな岩の間からは滝もおちたり、お庭だけ見物にいってもいいくらいでした。それから、御門のすぐよこ手は、大名屋敷のときの御門脇の長屋だったのですが、どれにも窓のある同じ部屋がいくつか並んだ一棟に、血気壮《さか》んな書生さんたちがめいめい机をかかえて本を読んだり机につっぷしている者もあったりして、ずいぶんにぎやかだったことを思い出します。それにつづいてかぎの手になったつまりつきあたりの、同じつくりの建物の窓からは、やせっこけの顔が出ていました。病人だな、まあいやなと思ったりしましたが、それが病院なのでした。それから中にはいってみますと、ひろい廊下のむこうをかごがかつがれてゆきます。おやおやかごはそとにかぎったものかと思っていたのに、家の中を通ったりしてちょっとおかしく思いましたが、それは病人をはこんだものでした。それから曲り曲って廊下をあるいて行きますと、奥は普通の御住居でお床の間のついたお座敷もならんでいて、そこに石井さんは御家族づれでおられました。

私があずかっていただいたのもそこだったのですが、石井さんは、どこまでも主人の娘が来ているように、毎朝手をついて、「ひいさまごきげんよう」と挨拶されますのは恐縮でした。実際奥さんやほかの方がいやな顔をなさるくらいに鄭重《ていちょう》に取り扱ってくれました。子どもながらに私もそれをありがたいと思って、時には子どものお守りをしてあげたこともありました。

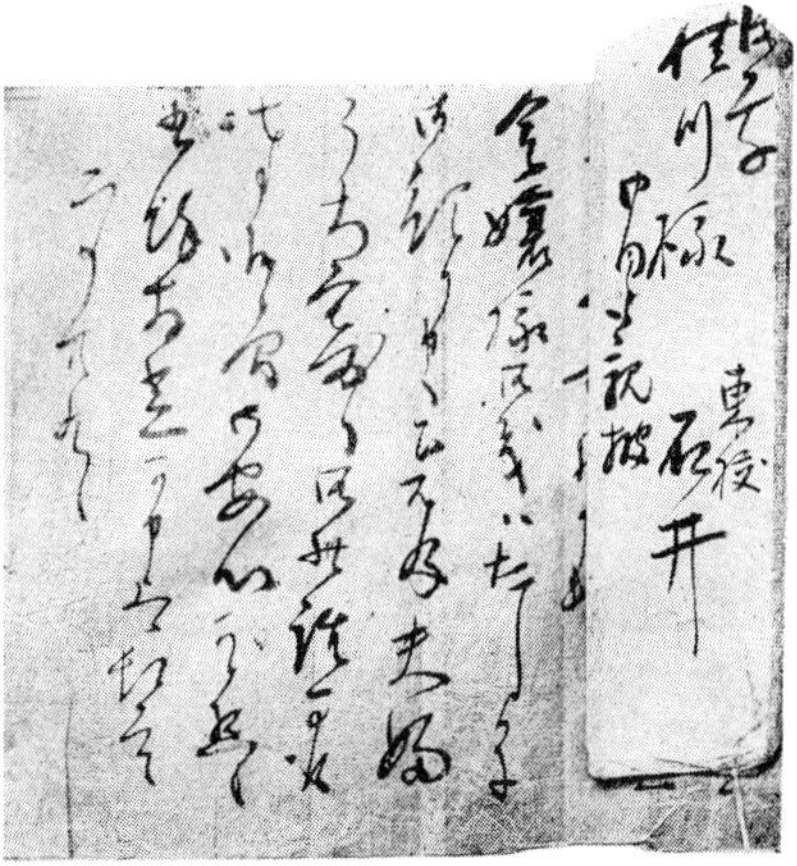

石井謙道が著者を引き取った時の手紙

謙道さんはまた、私にどうか早く良い縁をと一生懸命奔走して下さって、むこうはどこかの御大名だということでしたが、御見合いの折あんまり私がお転婆だったのでだめになって、石井さんがどうもひいさまには困りますといったこともありました。

多分フルベッキでしょう、石井さんの所によく来て、私にもなにかしらベチャベチャ言って話しかけるのですがちょっとも通じません。ちいさいムスメさんと言われたことは記憶しています。

その後私は都合で甫策叔父の役宅の方へ移りましたが、やはり石井さんのお友達で佐賀藩の方があり、その方の橋わたしで私は明治七年に今泉家に嫁ぐことになりました。石井さんの深い親切はほんとに忘れることはできません。

それから数年して私は叔母といっしょに不治と定まった石井さんの病床を見舞うことになりました。もうだれにも会われないという中からも、よろこんで迎えてくださった静かなお部屋のなかに、石井さんのやつれたお顔を一目見た瞬間、私はただ胸が迫って、長いあいだのお礼さえしみじみ言いえずにしまいました。その日の光景、外はそこら一面桜吹雪でまっ白だったことともにまざまざ思い出されてなりません。

福沢諭吉さんのお背中

松葉攻め

福沢さんといえば大きいという覚えがございますほどで、おいでのおりはおからだの重みでどしりどしりと音がするのでよくわかりました。私の生れました桂川の邸は築地の中通りにありました。ここは御門跡《ごもんぜき》さまのそばで、朝晩に鐘の音がきこえておりました。福沢さんはその中通りのうちへよくゆききなさいました。たいてい表の方へおいででしたが、時には奥にいらっしゃることもありました。そうして福沢さんは、どうも遊び仲間とはちがうように私の頭にのこっています。始終ふところは本で一ぱいにふくらんでいました。いつも本のことばかり心にかけて、桂川から洋書をかりていらっしゃいましたが、他の方がそれを写すのに一と月も二た月もかかるのを、あの方はたいてい四、五日か六、七日ぐらいで写してお返しになりました。ある晩、夜鷹そばを数人で立食いして、あいにくだれも持ち合わせがないため、襦袢《じゅばん》をぬいでかたにおいて来たというお話はいつかも申しましたが、それからは仲間の者が、「おれはこれでも夜鷹そばの食い逃げはせぬぞ」と福沢さんをからかいましたが、「それでも書物をおいて来なかったのはさすが福沢だ」と感心している方もありました。

福沢さんのおなりは一番質素で、木綿の着物に羽織、それに白い襦袢をかさねていらっしゃったように覚えています。刀かけのあるちょうど二十畳ぐらいのお座敷で、父の前にまじめに足をきちんとかさねて話をきいていらっしゃる時、私は福沢さんの足袋の穴を見つけて、松葉を十本ばかりたばにして突つきましたが、話に熱心にきいっていて、動くにはうごかれずだいぶお困りのようでした。私のこのいたずらには皆さんがお困りになって、桂川の松葉攻めといえば、洋学者仲間に有名になっていたそうでございます。

福沢さんはめったにお遊びになりませんでしたが、ときには私の相手をして下さることがございました。歌がるたをしても名人だったので、福沢さんの方へ組むといつも勝ちでした。いったい何をしてもお上手でおもしろく、また物知りでいろいろお話をしていただきましたが、時間がくるとぴたりとよしてしまって、いくらねだってもきいれて下さいません。その時はいい方だけれど強情の方だと思いました。子どもに対してもきげんをとる風がなく、教えてゆくという気骨がおありになりましたので、子ども心に先生のような気がしていました。どんなことをうかがっても面倒がらずによく教えて下さいました。

「乞食にむやみに物をやってはいけません。乞食は懶《なま》け者が多いから、むやみに物をやるのは懶け者をふやすようなものです」

というお話はいまも忘れません。

鉄砲洲のおうち

おうちは鉄砲洲のあたりだったと思いますが、私が六つか七つぐらいの時分に、福沢さんにおぶさって行ったことがございます。そのおせなかは幅が広くってらくだったことをいつも思い出します。普通は駕籠でなければ出られないのですが、福沢さんがかまわずそっとつれ出して下さいましたので、はじめて大川を見て大きなお池だとびっくりいたしました。途中でもいろいろ説明をして下さいました。お宅は大きな大名屋敷の長屋の中の一部で、その前に共同用らしいはねつるべのある井戸がございました。今でもしっかりおぼえておりますが、二間きりで玄関がなく、台所からおぶさったなりにはいって行きました。ぴかぴか光ったお釜がありましたので、「おや自分のおもちゃと同じようだ」と思いました。

おざしきは六畳ぐらいかと思いますが、床の間もありました。あとの三畳ぐらいはお台所でした。このほかにあるかないかは知りませんが、私の眼にふれたところはそれだけでした。この六畳のつきあたりが縁側で、便所があってそこでおしっこをした覚えがあります。いい子だいい子だとおっしゃって、ごじぶんのお机の引出しから日本にないものを出してくださいました。その時はもう外国から帰っていらっしゃったころと思います。

いただいたものは二品だったと思いますが、たしか一品は羊羹《ようかん》のようなもので、食べるものではなくって、いい匂いがして水にぬらせば泡がでてくるものでした。いまから思えばしゃぼんでした。もう一つはリボンぐらいの幅のきれいなきれをいただきました。それを持って、福沢さんのおせなの中でいじりながらうちにかえりましたところ、父からおあずかりしておくと取り上げられましたが、その後またいただいて、今なお手許にありますので、時々出して見てはその昔を思いだしております。

父には何でもめざまし時計のようなものを外国みやげに下さったようでした。またその時だったと思いますが、福沢さんの奥さんがお子さんをおんぶして、お台所の方でおせんたくをしていらっしゃいました。そこを福沢さんは私をおぶってとおって、おぶっておかえりになりました。何でも記憶には丸顔な色の白い方のように残っております。

御《ご》維新《いっしん》後になってから、私が石井さんにあずけられていますころ、福沢さんは始終そこにいらっしゃいました。石井さんとは親しいお友達で、「世界国づくし」なども、石井さんがわきから直したところもあるようにききました。二人で仲よく相談してこしらえていらっしゃった様子でした。私は守りをする人のない石井さんのお子さんを時々おぶって、

世界はひろし　万国は多しといえども
大よそ五つにわけし名目は

あじあ　あふりか　ようろっぱ
……………………

などと、世間に歌われる前から、私たちは寝言にも言うぐらいに口ずさんでおりました。そのころからは福沢さんのいろいろの本が出て、興に乗じたようになってどんどん売れましたので、福沢さんはにわかにおかねもちにもなり、お忙しくもなって、なかなか父のところにもおいでにならなくなりました。

あやめかきつばた

「いづれをそれとひきぞわづらふ」とかいう古歌があるそうですが、それほど本人そっくりな似顔を集めた本が「あやめかきつばた」という名で桂川にのこっていました。それがいつどうなったか見えなくなったのはいつも残り惜しく思いますが、私がしらずしらず自分で頭の中に書き残したみなさまのあやめかきつばたはいつまでも消えることはございません。

なにしろ人の背中にのったりして、遊ぶことや何かを見ていたんですからみな様もたまりません。

神田孝平さんはじゃんこで、ずんぐり短いような方でした。神田さんはまあちょっと人好きのするようなおもしろい方で、無口ではなくおしゃべりでした。そのくせ男らしい方で、「我おもひ立にしことははたた神鳴もならすも空にまかせむ」というご自分のお歌のような方でした。何に達していたかは知りませんが、何しろ学者だと子ども心にも思いました。お隣り屋敷の山の裾《すそ》のような所に、神田さんが門脇の長屋を借りていらっしゃったころはたいへん貧乏な御様子でしたが、御維新《ごいっしん》後はお金をたいそうおためになったとみえ、大きな紙幣や証文をひろげひろげあとびっしゃりして、二階の梯子《はしご》段《だん》からころがりおっこちたという笑い話がございます。「神田は何してる?」「ひとりで金を勘定している」、こんな問答も小耳にはさんだこともあります。それからはめったにおいでにならなくなりましたが、いつどういう病気でお亡くなりになったかしらと時々なつかしく思い出します。

桂川の庭の山の上の水屋が好きで、子どもさんを連れてよく勉強にいらっしゃった箕作秋坪さんはごくまじめな方で、「福沢諭吉伝」の中で見るあのお写真はあんまりよすぎます。

神田さんはきたない方、宇都宮さんはきれいでしたが、お口が引きつれてまがっていました。お病気とはいい条特色あるお顔でした。

成島柳北さんのお顔は、長いといったら、まあ人間じゃないようなお顔、たいへん長い顎《あご》を手でつかんで、まだ外へはみだしているぐらいで、お化けというあだ名を皆がつけていました。

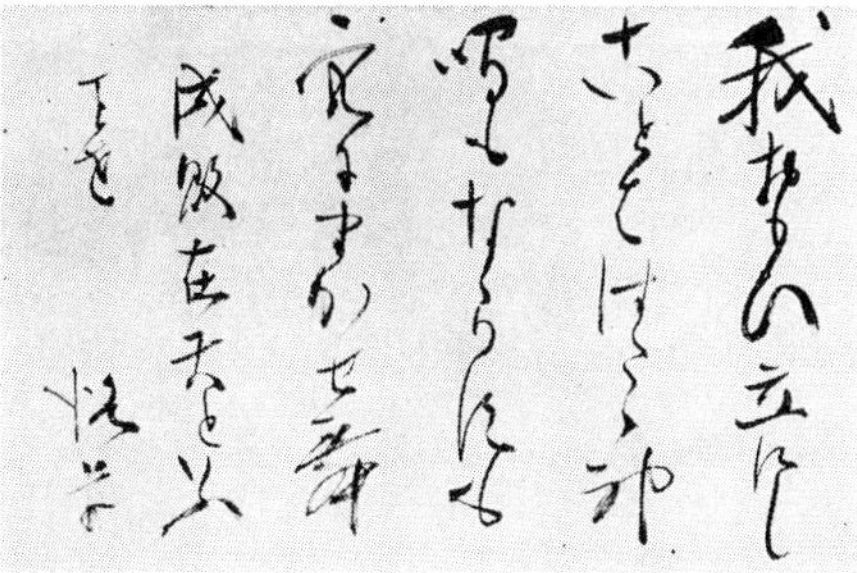
神田孝平の筆蹟

石井さんは目が凹《へこ》んでまあ肺病ですね。写真をうつすのを御自分でいやがっていらしたようでした。

一番きりょうのわるいのは柳河さんでしょう。蛸《たこ》入道みたいで、うんと鼻がひくいんですね。

水品さんはきれいな方でしたが、きかん気の人です。幼名を楽太郎といって、外国へもお役でゆかれました。身なりにはかまわない方で、父とはごく親しく、「多喜さん」とか「多喜次郎」とか「多喜児《タキール》」とか渾名《あだな》をよんで、私の父のことは「新右衛門《シンネモン》」とか「カネール」とかいって、互いにおもしろい手紙のやりとりをなさいました。パリからのおたよりなども今ここにのこっています。それからこの方は「よく引越す方だ」ということもきいていました。

水品さんとごいっしょに、勝安房とか、矢田堀景蔵とかいうお名もよくききました。福沢に福地に福田と、頭に福の字がつく者が多いとみんながよくいうのをききましたが、その福田さんという方は背の高い人でした。ちょっとした小役人だと思っていましたところ、のちにはたいへん大きな役になったようです。

安田次郎吉さんはあばたがあったと思います。やっぱりつとめをしていらっしゃいました。楠山という方はなんでもそのころの役人でした。何かができるりこうの人だったとみえ、何とかいうと楠山さんにきいたりしていました。しかし多芸にとんでいる人ではございませんでした。この方は御維新になってからよけいにおいでになりました。

成島柳北さんのお世話で、黒沢孫四郎さんが桂川のうちに来られたのは御維新にま近いころで、もうその時分は三味線などはペンとも言わなくなって、うちは淋しいものになっていました。この方はあんまり学問ができるので、父が養子にもらうといって大さわぎでした。ところが孫四郎さんはどこかの大名のおけらい――また人《びと》――身分違いというので公儀のお許しがなく、父はがっかりいたしました。どうせ自分のものにはならないけれど、このままかえすのは惜しいと、いろいろにその係りに手をまわして気をもみました。実はこの養子にみあわすはずの私の姉のとせというのはせむしでしたから、ほんの名前だけで「妾をおいてもいい、しかし不服であれば妹のほうでもいい」と父が申したそうです。当時私はまだ十一、二でしたから、そんなことは言い渡されませんし、なんにも知りませんで、うちの書生かとはじめ思っていました。書生どころではない、ここの主人だと言いきかされた時は失望しましたが、やがてお友達のようになっていて、どこかへゆく時はかならずおみやを買っていらっしゃった。私はなんでも八犬伝に夢中になっていまして、ご飯のときにもやめられません。孫四郎さんが来て、そのときあかしをしてくださったこともあります。のちには兄様兄様といわせられて、だんだんほんとうの兄妹のような気がしていました。お顔の記憶といえば、色が白く、目のとびだしたようなかた、英語が非常にお達者で、なんでも山川のおばのところから子どもの粂之丞が習いに来ていました。御維新になったとき、この孫四郎さんは実家に帰ることになり、簞笥《たんす》をもってかえってゆかれたことをおぼえています。それからあとで、河津家に養子に行かれ明治初年には有名な方になったときいています。

さて柳河さん、神田さん、宇都宮さんは遊び人でしたが、学者ですからあそぶといっても、鉄びんに湯を沸すの、七輪をもって来てちょっとふきこぼれるとすぐ立って講釈がはじまる、女中を使うのでいやがりました。なんといっても、なつかしいのは柳河さん、お気の毒なことには亡くなったのが御維新まもなくで、何しろあの才があってもどうするひまもない程じきでした。宇都宮さんといっしょにうなぎ飯をあがりながら、「ああうまかった」といって突然この世をお去りになったのは、いかにも柳河さんらしいけれども、かえすがえすも残り惜しい気がいたします。

どんなむずかしい問題があっても、柳河さんが桂川にいらっしゃると主人の心が晴れ晴れとする、柳河さんがいなければご飯もおいしくないというほどおもしろい方でした。べつにお料理をとってご馳走するのでもありませんが、うなぎ飯が食べたいから桂川に行って食べようと途中で言いつけて来なさる、まああちらも桂川を苦労のなげ出しどころにしていらっしゃったようでございます。こんな風で、柳河さんはおうちにはめったにいらっしゃらなくて、奥様はおうちでずいぶん弱っていらしたそうです。

お子様は私が知ってるところでは三人あって、はじめの方が生れたとき大変よろこんで、てゝこなとおつけになりました。桂川でまじめな踊をしたあとでは、きっとてゝこなよかろとすっとこ踊をしながらひっこんだりなさったのをおぼえています。そのお子がおいでになってもたいてい座敷のほうにいて、めったに私は見ませんでしたが、おつむの恰好《かっこう》が変で、それで「てこ」などとおつけになったのではないかと幼なごころに思ったくらいでした。柳河さんはそのお子さんをも踊らせて、

よい　よい　よい　そりゃ　てこなよかろ

とお唄いなさるとみんなが笑う、お子さんは泣き出す、それでもあの方のお子さんだけあって、ちょっと頰《ほお》かぶりをしたりして、やっぱりとぼけていました。またお父さんはお父さんでいろんなとぼけたお顔をして、「ばあー」といって私を物蔭からおどかしたりなさいましたお姿が、いつまでも目についてなりません。

桂川家の人びと

奥医師の生活

見るたびに歎きの数の増す鏡　うつるわが身を形見と思へば

わたくしの場合には、父と母と二人分の追憶が父一人に籠《こ》められるのですから、父のことになりますと、体にも障るくらいなのでございます。

父はいかにも情深い人だったと思います。歌、俳諧が好きでした。よく申しますが、人好きのする方で、一度あった人は誰でもいい方だと言います。私達から見れば、重々しい中にもまたどこか粋のところもあって、ちょっと役者のように見えることもありました。奥医と役者と似ているといっては、あまりかけへだたった見様ですけれど、役者の中でもおちついたいい地位にいる者のものごしとか振舞いには、なんとなく似通ったところが見えました。

ある時本物の役者か何かが父を連れて仲間のところに行って、「どうぞよろしくお願いいたします」と申して、いきおいその道の話かなんか出ましたところ、先方はすっかりだまされたそうでした。神田さんや柳河さんがたも蔭にいらして、「とてもとのさんのあの真似はできない、自分たちならすぐ見破られてしまうのに」とおっしゃって大評判でしたとか。

いったい奥医は、手足をみがいて、香などたきしめたいい着物をぞろっと着て駕籠に乗って歩いていましたから、まるで婦人のようでした。といって武芸の嗜《たしな》みが全然なかったのではありません。ただ公方《くぼう》さまのお手を執《と》るからというので、自分の身はきよめにきよめてあらぶれないようにしていました。ほかの人はまず診《み》ないということになっていまして、百万のお金をつんでも、奥医に脈をとってもらうことはできなかったそうです。大名あたりから申し込みがあってさえ、公儀にまずうかがって、お許しがなければ脈はとれないというむずかしいものでした。

しかし、よくよくの事情で、例外として、往来でかごをとめて、かごの中から病人を診たということもきいています。そんな時決して直接には患者の手に触れないで、ふくさをかけてその上から脈をとったのだそうですが、先方はなんでも気ちがいのようになって桂川のかごに追いすがり、「せめて桂川さまに脈をとっていただいて死にたい」という非常な執心《しゅうしん》なのですから、それでかえって病気はけろりとよくなったとかいうためしも、再三再四ではありませんでした。よしんばなおらない場合でも、「ああよくよく業《ごう》の深い病気でした。これで思い残しはさらにありません」とあとから涙ながらに申して来る者もございました。信仰か、神経か、いつ考えてもほんとに純なものだったと思います。

またごく稀には、江戸から外へ、仙台とか加賀とかまでもまいったことがありまして、夢物語かまことかと思われるこんなはなしもございます。

よばれて行ったさきの若様は思いのほか心配の御病気、何かと心をつかって、寝所についた時は疲れに疲れていた。フト目がさめると、四方八方大海原、わが身はどこにと思ったら、ざぶんざぶん玉と散る潮の中に、それで、柔らかな絹ぶとんの上に横たわったまま、よせては返す波といっしょにゆられゆられながら夢うつつ、ようやく朦朧とした気持からぬけ出して醒《さ》めて見ると、これはしたり、ひろいひろい蚊帳の中にやすんでいました。しかもその蚊帳には天下の名人が、宏大な海景色に筆をふるってあったので、絵か本物かわからなかったはずです。

そんな時のお礼がまた価も知れないような大へんなもので、これもおとぎ話にでもありそうです。金銀で梅の古木ができていて、その根もとを金砂子銀砂子でかためたような置物が紋ちらしの蒔絵の台にのって、とどけられるのですとか。何せよ、お大名からは、山のように積んだおくりものがひきかえしひきかえし来ますので、そんな時貧乏医者はいきをつきます。公方様は何もみな御承知のように、涙の出るほど桂川のしんしょうをも御心配になられ、しばしば御声がかりで「どこそこへ」ということもございましたのですとか。

さて将軍家御ふだんは医師の手を始終お入用なことばかりもおありになりませんので、たいていは歌、俳諧の御相手が自然多うございました。

今日は雪の日、今日は桜・螢の会、今日は月見の宴とか言って、ほかの御家来よりも一番医者なんぞがさきのようでした。

駒わたす玉川の瀬は浅けれど　袖になみこす岸の卯の花
淡雪の降りかくしたる梢より　梅か香こめに散る雫か那

こんな詠草を先日もふと見かけてなつかしく思いました。

それから話が、そもそものはじめにかえりますが、父は非常に公方さまから可愛がっていただきました。それというのも御本丸御炎上のみぎり、父には妹のあの御殿の叔母が亡くなり、その年は父甫賢にもまた逝《ゆ》かれましたので、重ね重ねの不幸をことのほかふびんにおぼしめされたのでございましょうか、規則外のお呼び出しで法眼《ほうげん》の位をもいただきました。「このわがままは許せよ」と仰せられての特別のお召しかかえだったことをあとから知って、父は深く御恩に感じていました。その後も、奥医仲間のだれよりも若い父は、いつも上様《うえさま》からお愛しいただいて、どういう時にか、父がうたた寝していましたら、そっと御かいまきをおかけさせになったり、御自身のお膝を枕におさせになって、しずかに坊主あたまをお撫でになられたことがありますとかで、もうありがたいやらもったいないやらで恐れいっておりました。

　そのおかいまきはお駕籠に入れて、下城の時は「下へ下へ」で大得意でしたものの、邸に駕籠がつきました時は、それをおしいただいてお部屋にころがり込むようにして、感極まって暫《しば》らくは泣いておりましたそうでございます。

　この上様御容体の時は大変でした。それこそ甫周は気違いのようになって、お薬を持って上るときなどおたまりで大きな火鉢をとりかこんでつめかけておられる大名たちをまわってゆく間ももどかしくて、思わず二つ三つ火鉢をも人をものりこえて、何尺かとんだのだそうでございます。その時のことは夢中で、自分はわからぬくらいだったと申します。ただ「甫周に」とお声がかかると、忝《かたじ》けなさとおそれ多さとで体中がふるえましたとか、今このおはなしをいたしますさえが、私は胸がせまって困ります。

ついに上様はその時御他界になられました。御病室は橘の間で、お屏風からおからかみからなんでもが、みんな橘の御紋ちらしであったときかされましたことどもは、父の歌とともに忘られぬことでございます。

夢の間にはやひととせは橘の　香もなつかしきこその此の頃

元日の御登城

私の住んでいた築地の屋敷町では、大晦日《おおみそか》は夜じゅう寝ずの大騒ぎ、あけ六つ、お城の大だいこが鳴ると、戸ごとにギィーギィーという大門をあける音がなりひびき、用人が「御登城」と声高らかによばわると、邸中の者がみないっせいに玄関にい並んでおじぎしてお見送りをする。この前に奥の者だけは「お支度拝見」というので、私など子どもまでも起こされて、目をこすりこすりかすかに見覚えていますのは、白羽二重を何枚も召して、その上に薄物の黒の十徳《じっとく》をきて、金地に松竹梅を描いた扇のような総《ふさ》のついた中啓を半開きにして御手にもって、長袴をつけ、前を上手にさばきさばきあるいて行かれる姿などは、まるでお芝居のそのままの美しさでした。

父から聞いたところによりますと、登城してみんなそろって年賀を申しあげますと、将軍はただ一言、「めでとう」とおっしゃるきり、その折に御台様《みだいさま》の召されたお袴が黒のように見受けられ、どういうことかと思われたが、緋《ひ》も染めて染めてほんとに染め抜くと黒いようになるものだそうで、やっぱり緋のお袴だったなどと父が申したこともおぼえています。それからみなは一様に紅白の切り餅をおしいただき、懐紙に包んでひきさがるのですが、それをおてがちんというていましたのですとか。

さて帰る時のお広しきの大玄関の混雑はたいしたものですが、供待ちが「誰それ様」「誰それ様」と叫びながら、はるか遠くからお草履を投げるのですが、それがまるでしばったように、二つそろってちゃんと主人の立っておらるる前に落ちて少しも間違いがなく、それはそれは手際《てぎわ》なもので、とても想像以上だと父がよく申していました。どんなに混雑の中にもそれぞれのきまりがあって、静かに順序よく退出してゆく昔の気風がうかがわれる話だと思います。

拝領

お正月を迎えるごとに忘られず、心にうかんできますのは、こんどのお屏風のおあそびのことでございます。

なんでもお城表と大奥とは、何かにつけ大分にちがうそうですが、大奥も大奥、これはごく近侍の者、ことに奥医師たちに限られたものでございましたのやら。何か古事から出た吉例ででもあったのかと思いますが、まるで子どものようなあそびが始まります。どういうわけかわかりませんが、幼な心にただおもしろく父からきいておりましたとおりを申しあげます。

公方《くぼう》様の御前、二双か三双か金屏風がぐるりと囲まれて、その中へ坊主あたまの御典医たちがくじをひいて一人ずつはいります。この中には、京都から薄墨の綸旨《りんし》をいただいて法印《ほういん》とか法眼《ほうげん》に任ぜられていまして、平素は鋲うちのろ色のお駕籠で登城する身分の高い人達もおります。

さてお屛風のなかでは外から何がとびこんできますやら、坊主あたまを気にしながらも、かしこまっておりますと、「御用意はよろしいか、そら、まいりますぞ」との声といっしょに、それでもはじめはお褥《しとね》や御時服のような柔かなものがほうりこまれますので、さっそく頂戴、頭へかぶってつぎの心がまえをしておりますと、ズシーンバタン、そらお机、お文庫、御用たんす、お硯箱やら花瓶やら、お火鉢に、掛軸、ひとしきりはつぎからつぎと降るようでございます。「もうよいか、まだか」とおそばから公方さまのお声、もう品物はお屛風のうえにまでもとどきそう、身の置き場所もないような中から「まあだ、まだ」と申しあげる者もありますし、二つか三つで「もうけっこうでございます。どうか御免をこうむります」と申しあげる者やとりどりで、公方さまは始終御満悦カラカラとお笑いだそうでございます。

その折の品は全部拝領となりますそうですが、だれもそんなことを最初から考えにいれているものもなく、その様子のおかしさやなんかで大笑いだということでございます。御時服の黒綸子《りんず》と白綸子をときましたら、はいっていますことといますこと、真綿のお山ができて驚いたことをいまもありありと私はおぼえております。

お手添えのがん

なんでも父がまだ年若な時のことのようでした。どこでしたか、お狩りの御伴申しあげました折、雁《がん》がとびたちましたら、上様はよほどお弓におすぐれとみえまして、父に御手をもち添えられて、みごと雁を射おとされました。さあ大変、矢には葵の御紋がついております。しかもこれは御手添えの雁で甫周拝領というのですから、邸へはすぐさまはやがとびました。いまどきでしたら電報や電話というところでございますが。

邸では御無礼のないよう用意も万端ととのえてお待ちうけせねばなりません。親類縁者はもとより、近所合壁《がっぺき》へも知らせてこの喜びを分たねばなりません。一方雁のほうは、お駕籠のさきに結びつけ、先供がお尻をはしょって走り出しますと、なにしろ矢の葵がものをいうのですから、大名でもなんでもみんな左右によけておじぎする中を、大得意で邸へ帰りまして、それから雁のおふるまいがはじまりますが、雁一羽が大変な御馳走になったものです。今からみればなんと馬鹿げた恐れ入ったことでございましょう。

近ごろになって聞きますと、昔から氏《うじ》の上《かみ》が親しい近い人達にきものを分配する衣配《きぬくば》りとか申す古式がありましたとか。それは氏の上の魂をそのきものにこめて分配するという信仰がありましたのだそうですが、拝領の場合もそういった意味がこめられるのではないかしらと私はひとりで思っております。

おこうやく

昔の阿蘭陀《おらんだ》外科医のおもな仕事は、手術とお膏薬《こうやく》だったそうでございますが、おこうやくと申せば私の家にとっては何より大事なことでございました。ことにそれは公方《くぼう》様御用というのでございますから、年に二回ほどのそのおこうやくお拵《こしら》えは実に大変なことのように子どもながらに感じておりました。なんでもその日はさんぴん達も朝から紋付きに襷《たすき》がけ大小をさしてかいがいしいいでたちです。大門の前にはちょうど焼芋やの釜の大きなようなのが土竃《どべっつい》にかかってしつらえてございまして、それで脂《あぶら》を煮つめるのですが、なんとも言われぬその臭《にお》いは鼻について、このごろのようなお暑さの折だったらほんとにどんなだったかしれません。きっと近所合壁の大迷惑だったに違いありませんが、だれとてそれを口にするはおろか、思ってもならないのです。上様御用の御膏薬にたいする不敬になるのですからみんなじっとがまんして慎しんでおります。さんぴん達はこのときにとばかり鼻をひこつかせて急に反身《そりみ》になると申すもおかしゅうございますが、ふだんはひとが三寸さげる頭も今日は五寸さげて通りますから大いばりなのでございます。

さてどのくらいの時間か煮立てて煮つめたこのお膏薬は、すっかりさまして固まらせたあとは、飴《あめ》細工のように丸め、ビンつけや梳き油のようなものができあがります。御つかい料としてとっておきますのはそのうちの千分の一ぐらいのものでございましたでしょうが、それは塗り物のちょうど印籠の大きなもののような中に入れ、総《ふさ》のついた紐がかかり、一かさねごとにそれにはいちいち片方には和名と片方には横文字とで名前がついてありましたこともおぼえております。そしておあまりとしての大部分はわけることはできましても、売ることなどは絶対にできませんかった。

こういう油こうやくは縁の下にしまっておいたもので、私がやけどをした時大さわぎして畳をあげたことを覚えております。ただいま手許に中家秘伝膏薬方として処方が残っておりますが、幾種類かのお膏薬のどれもどれもがみんな種々の動植物からの脂をとりあわせたものらしく、アルマンスという長崎にいた和蘭人の正伝とか、中家、吉田家、西流とかいってその秘法はよほど古く二百年ももっと以前から伝わっているもののようでございます。
一つ二つそれをうつしてみますと、

（中家秘伝膏薬方）

コルタ

黄蠟　百目　松脂　五十匁　椰子油　三十目
牛油　廿匁　鹿油　廿匁　鶏油　十五匁
胡麻油　百目
ホルトノ油見合

煉膏

黄蠟　百廿匁　胡麻油　百廿匁　鹿油　十匁
松脂　五十匁　椰子油　廿匁　テレメンヤニ　廿匁
乳香　三十匁　没薬　廿匁
ヘツキ　三十匁　クンロク　十五匁　此二色除ク
牛油　十匁

みくら島

こんなにお涼しくなって、なんでもがすっきりと秋の風情になって来ますと、いつも思い出すのは御蔵島《みくらじま》です。それはまるでお伽話《とぎばなし》にでも出てくるような物語めいたことですけれど、私にはやっぱり忘られない昔ゆかしい思い出でございます。御蔵島がいったいどのへんにあるのかも今だに知りませんが、なんでも鳥も通わぬ八丈島近くの離れ小島だそうで、その島の人が年にたしか一度江戸表へと出てきまして、島にはない物を買っては、島の物を売って帰りました。そこには、しゃぼんのような物さえなかったらしく、それこそ洗濯しゃぼんぐらいを顔にぬっていた人達かも知れません。また狐の憑《つ》いた人とか、おこりでふるえるような者に葵の御紋の書いたものでも見せますと、けろり一度になおってしまうぐらい、純朴な可愛い人達だったのです。

ところで、桂川へはその都度必ず薪とか椎茸とか、時には他の産物を置いてまいりました。こちらからはその代りにお膏薬をもらって帰りましたが、その椎茸のやわらかで肉が厚くおいしいことといったら、今はもうとうてい味わわれない味です。そんなのが三尺四方もあろうかと思われる大きなかぶせ蓋の箱——分厚な板で頑丈《がんじょう》にこしらえた大箱は鉄砲道具でも出てくるかと思われる見かけで、開《あ》けたらほんとに恐ろしいようなのに、ぎっしりと椎茸がつまってあとから方々へ分配するのにも困ったほどですし、邸でも当座は椎茸ぜめの有様、薪も大束で何百把か、積み上げたところは三間四角ぐらいだったと思います。

私など例によって公然とは見られないのですからソッと窺《のぞ》いてみた島人のその様子のめずらしさ。手織木綿かなんかの縞のきもので村役人ではないらしく、百姓か何かであったようです。口つきから色の黒さから一見都離れした島の男がひょっくり江戸表にあらわれ出た時の光景、御酒でも出るといちいち舌鼓してもったいねい、もったいねいといっておしいただきます。

さてこれはいつごろからのしきたりでございましたのか、何代も何代も前からずっと続いて維新後私どもがまことにささやかな住居に移りましてからも、薪や椎茸を持って来たその使は父を「殿さまあ」と呼んで地面にひざまずきました。島の人は正直だなとあとあとも話していたことですが、「徳川のお直参《じきさん》がなんとまあお気毒だあ」と申しては、先方は以前にかわらず礼をあつくしました。もう薪でも何でも置くところがないからもういいといって断りましたが断っても数回はまいりました。しかし実際置場所のないのを知ってなるほどと思ってかやっとその影を見せなくなりましたが、どんなところまでも大きなおみやを運んでたずねてくれたその真心は忘られないと父も申しやりました。

この事実はどういういわれであったのかしかとは憶えませんが、島には桂川大明神というお宮さえ建っているかにきき伝えました。そして言い伝えは色々ありますのではっきりいたしませんとはいえ、なんでもずっと前の桂川の初代が御蔵島と江戸との交通の許されるよう将軍家にお願いしたために、流人《るにん》島が初めてひらけて直接に徳川泰平の恩恵《めぐみ》にあずかりうるようになれたそれを徳として大明神に祠《まつ》ったといいますが、そのお宮の境内にある木に生じた椎茸と、その木々の枝葉の茂りを手入れしてそれを薪にしたてておれごころで桂川に届けたものでありますとか。

また一説には、桂川が吉利支丹《きりしたん》の魔法をつかって切り落した首をつないで治したということで島流しになりました。その島がさてこそ御蔵島であったそうですが、その後公方様が御病気で容易に御平癒なく、桂川を呼べとの御声がかりで呼びもどされまして、さいわい公方様は御本復になられましたので何なりと望みをとの御仰せ、そこで流人島のみくら島にどうか江戸表との交通を年一回だけでもお許しありたいとお願い申しあげたとかいう、こうした伝説が誰言うとなく桂川の中でながく言い伝わって来ましたが、吉野博士のおしらべによりますと、桂川の代々の中で、島に行ったものはないそうでございます。

島の故老の話では、あの有名な江島《えじま》、生島《いくしま》の事件に連座して奥山交竹院という奥医師が流人になったことがあり、その交竹院と初代桂川甫筑とは同僚でございましたので、交竹院から島の実情を桂川へうったえて、ぜひ江戸へのゆききの叶うように骨折られたいと折入っての頼みに甫筑の義侠心は燃えたち、御老中に熱心に許しを乞うてようやくそのことがとおり、島人の幸運が開けるようになったという理由で、交竹院と当時島の神主であった栗本蔵人と桂川甫筑との三人が、三宝神社に現在でも祠られているということですが、なにしろ今と違って女子どもには事実もはっきり知らせないことですし、ききますがわもどうでもいいと思っていたらしゅうございます。父や祖父あたりの近いところのことですとしっかりきいていますが、もっと古い先祖のことは、島へやられようがやられまいが、われ関せず焉といった風でございました。ただ遠い遠い島から薪やおいしい椎茸が来たことは、ほんとでありましたし、現に御蔵役人と名のあるつぎのような手紙が残

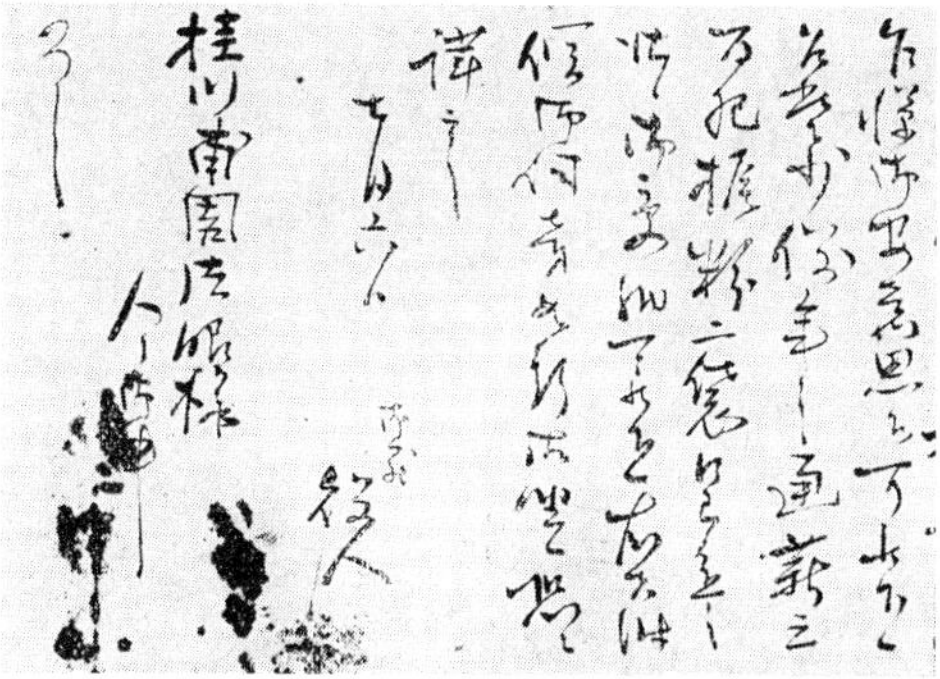

みくら島役人からの手紙

っております。

署偖　拝啓仕候時下残暑の節益々御静奉賀上候　次に当地無恙罷在候条乍憚御安意思
召可被下候　乍些少例年の通薪三百把梶粉二袋呈進仕候御受納可被下候　右者時候御伺
旁如斯御座候　恐々謹言

柳の亡霊

うつくしい柳の芽を見ますといつも思い出すのは、家に伝わる柳の木の亡霊の昔話でございます。それは桂川の初代のころでしょう。庭に大きな柳がございました。さしわたし三尺ぐらいもあったのでしょうか、何かの都合でこれを伐り倒すことになって、植木やが手をつけましたその晩、主人の夢枕に立った女がありました。青ざめた顔に乱れかかる髪の毛もものすごく、枕許に坐って、「私は柳の精でございますが、どうかあの木を伐らないで下さいまし」と頼みいりました。けれども主人は聞きません。蘭学者ともあろうものが、そんな迷信に動かされてなるものかとかまわずどんどん木を伐り倒させました。ところがその晩になって、血だらけになった女があらわれて、「この怨みに七代までこなたの家に片輪を出しますぞ」と言ったそうですが、実際不思議なことには、それからというものは、桂川家には必ず一代に一人ずつ片輪が出ました。現に私の叔父もつんぼでしたし、私の姉もせむしで早く亡くなりました。それでも私の父の代で七代目だといいますので、まあほっといたしました。

それから明治七年だったと思いますが、私が今泉に嫁してちょうど一ヵ月ほどたちましたころ、夫が何も知らないで築地に邸を買って移りました。たまたま私の実家の父が訪ねてまいりましたので庭を案内しましたところ、柳の大きな古株を見つけました。父は考えこんで、これはおかしい、ここは桂川の先祖が拝領した邸跡にちがいない、よくわからないが、この柳のぼくがあやしいぞと杖でつきながら、亡霊のたたりの因縁ばなしを夫にしていますのを、私もそばでききながらぞっとしました。さっそく私たちはそれから煉瓦《れんが》の方へ引越してしまいました。

あとから噂にききますと、何でも維新のおりに、この邸で大勢の武士が腹を切りましたのですとか。その後は住み手がなく、活版所になったということでございます。

公方様に化けた狸

私の祖父は桂川甫賢と申しまして、動植物のことが非常に好きで好きで、ボタニクスと言う名をズーフからつけてもらったくらいだそうでございますが、毎晩人が寝しずまってから調べものなどをしていますと、トントントントン戸をたたくものがございます。「たぬか、はいれ」と申しますと、戸がスウッとあきます。何かこちらの都合で「おまち、まだいけないよ」と叱りますと、決してはいらなかったそうですが、ときにはたぬの方でいたずらをして、「この夜更けに何をしておるか」と将軍の声色をつかうこともあります。なにしろ仮にも公方《くぼう》様のお姿に化けておりますのですから、どうにもできませぬ。「おい、それだけはよしてくれ」とあやまって油揚をやりますと、行ってしまいましたとか。なんでもその油あげのお皿もきまっておりまして毎晩一枚ずつは用意してそれを敷石のところに出しておくのだとかききました。

庭はずいぶん暗かったものです。広いお庭に石灯籠がありまして、薄い光がぼんやりと夜中てらしていました。家の中も行灯《あんどん》でやっぱり暗かったことは、今の方々の想像以上でございます。あるじのところには高い燭台がありまして、真鍮《しんちゅう》できれいだったのをおぼえております。主人の居間の入口に蠟燭《ろうそく》が一つ、縁側の方にも大きな蠟燭を立てた燭台がありました。こんな風でしたから、狸の方でも住みよかったのではないでしょうか。桂川ではよくこの人語を解したたぬのことを噂していましたのも、今はなつかしく思い出します。

御殿のおばさま

私は生れ合わさずにしまった叔母ではございますが、名を「てや」といって、私の父には妹にあたる叔母がございました。小さい時分から大奥に上って、京都から来られた花町様という一位様の老女のお部屋子となっておりましたから、私はこの叔母を「御殿のおばさま」と呼びなれては亡き叔母についての話を種々きいておりました。

いったいそのころ大奥に召されるということは、その家にとりましてはよほどの名誉といわなければならなかったかしれませんが、その名誉によって、その子のすべては縛られてし

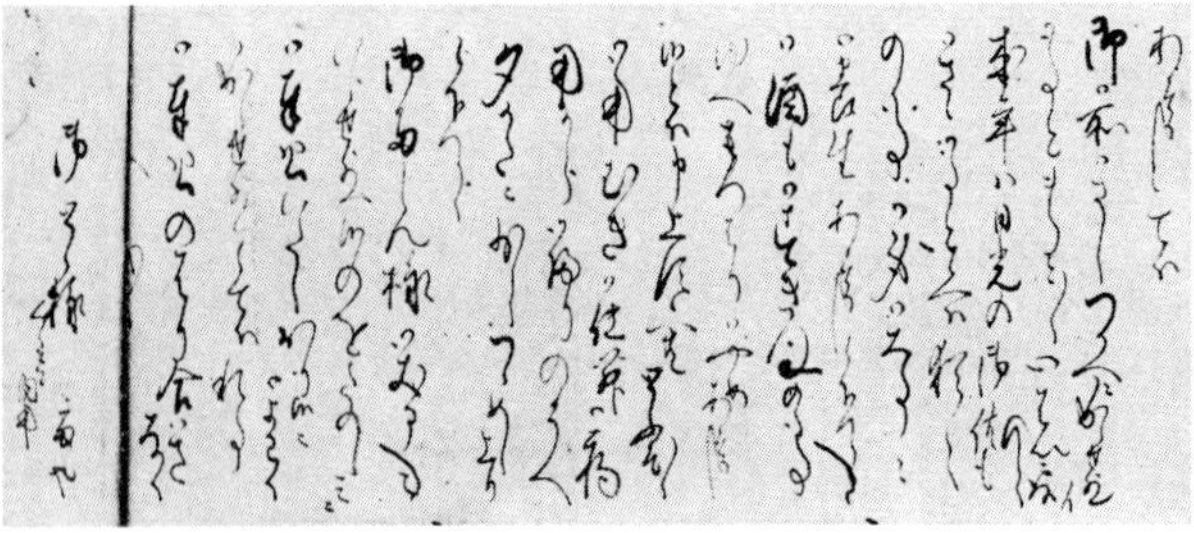

御殿のおばさまの筆蹟

まうとでも申しましょうか、ちょっとのゆるみもない、なんの自由もゆるされない、規律やきまりで朝から晩まで、いいえ寝ている間さえくつろぐこととてはないのです。ちょうど人形が人形師に動かされているようなのでございましょうね。それこそほんの稀に邸に下ることがございましても、お城からのおつきは二人片時も離れずにそばにおりますので、久々で一家団欒《だんらん》ゆっくり語り合うなどということは到底かないません。あまりのなつかしさに邸に長く仕えておった千代という女中が、はばかりのわきに待ちうけて、たまらなくなってソッと「上臈《じょうろう》さま」とお呼びしましたら、手燭を手に、ひかえていた腰元たちには知られませんように低い低い声で、「なかなか」と申し一足身をすり添うようにして、「つらいよ」と言われましたとか。はなやかに、うらやましいほどに思われている大奥づとめも容易のことではなかったとみえます。

それからしばらくして天保も十五年ごろかと思いますが、

御本丸に御類焼のことがございました折、一位様は紅葉山にお立ちのきになられたのち、「花町は無事か、見てまいれ」との御仰せ、叔母はひきかえしお探ししましたが、お局はすでに焼け落ちて、花町さまは影も形もなく、「お見えになりませぬ」と御返事することができずに、叔母は手燭を持ったまま燃えさかる真赫《まっか》な火のなかにかき消すようにはいって行ったその姿をたしかに見とめたという人があったと申します。叔母の侍女二人もまた後を追うて火中の人となったということですが、ちょうどそのころあいだったのでしょうか、桂川の邸では手燭を手に火事装束の叔母の姿が廊下の向こうに見えて、「おや」と思ううちに消えたということでございます。私の父甫周もたしかに見たと申し、生涯不思議にしていまして、「もし幽霊というものがあるなら、必ずお前に出てみせるから」と申し残しましたので、私は父の死後はうす暗いところに佇《たたず》んでは、なつかしい父の姿を待ちましたが、ついぞ出てまいりませんところをみますと、幽霊もなかなか自由には出られないものとみえます。

なんでも御殿では、火事というしらせがありますと、みんなそれぞれのつぼねにはいって中から鍵をかけ、身支度をととのえてからでございませんと、たとえ火が来ましても一歩もそこをのかないというのが御殿女中の身だしなみであったときいております。

さて当時のこの有様は祖父甫賢や祖母の手によって「堕涙日録」としてのこされておりますが、墨色もうすい横とじの日記帳をとりいだして見ますたびに、蕾《つぼみ》のままに散って行ったこの叔母を涙なくして憶うことはできません。今も芝の二本榎の上行寺の桂川の墓地には、御殿の叔母の墓石を真ん中にして、二つの小さな侍女の墓じるしも並んでいますのも哀れでございます。そうしてただいまも手もとにある御殿からの叔母の便りの幾つかを見ますと、しみじみと親を懐《した》う切なる情が美しい水茎の跡にもにじみ出ておりまして、胸も一ぱいになるのでございます。

まあちらちら話すのをききますと、おば様はお年もごくお若いのに、雄々しくてやさしく、りっぱな武士の息女の品格をそなえていまして、一位様の御意にもかない、花町様からもことのほかに可愛がられ、御本丸西丸かけて五十年この方にないよい心立てだと、上下の女中からもほめられましたとか。私がのちにキリスト教をきくようになりましたとき、いつでもこのおてや様をもって来て、ああこれだなあと思ったことはたびたびでした。こういう方が、悲しいことにもお寿命が短く、しかも変死しふびんな最期をとげられたのですから、親の身にはつらかったわけでございます。まして祖父甫賢はかねての長わずらいの上に、この力落しが加わって、それから半年ほどしてこの世を去りました。いま「堕涙日録」の一部を繰りますと、

五月十日　一、寅後御本丸御焼失於てや立のき行衛不知、処々に尋出す、不知。

十二日　お城より於てや遺骸引取者、明朝御門明き前平川迄可差出其向より達有之。
十三日　未明馥之助郁太郎平川迄引取りに遣す、夜に入り帰宅。
十四日　夜に入り法名来る。
十六日　御届之儀東康に取扱呉候様文通に及、返事向待遠付夜半再び文通に及明日御城にて相談、御広敷より文通可致旨返事来る。
十七日　一、東康宗円御広敷より文通有之候筈之処延引に付き否承度文通遣す。
十八日　東康宗円来り明日於てや病死届差出候事取扱呉候儀頼、承知致帰宅献上物之廻状持参即刻柴田に達す。
十九日　(晴夜雨)　一、於てや病死届差出候処東康宗円より文通有之。
一、御奥女中にも御届差出親類中組合向両隣仲間弟子中へ通知遣す。
廿日　(陰)　酒井雅楽頭殿着府に付斉沙染一反状箱一個贈越、加藤善庭文通、樋口甫晉浜田順庭山本甫文来る。

悲哀のうた

はかなくもむなしき後は桐ケ谷の　霧にはあらてけふりとそなる
やる瀬なく落る泪は五月雨の　雲の晴れ間もなてしこの花
はたとせをひと夜の夢と消えて行く　あはれはかなきあたし野の露

老いさきを頼みし甲斐もなてしこの　一夜の夢とちりしかなしさ
玉つさも今はかたみとたらちねの　泪にぬるる水くきのあと
まてしはし行いて帰らぬなき霊の　夢の間にたにみせよおもかげ

ズーフハルマと香月叔母

手文庫の中に、蘭字が彫りつけてある木版が三つ四つ残っておりますが、それで思い出しますのは、ズーフハルマ（和蘭字彙《い》）のことでございます。

これは桂川で安政二年から丸三年かかって、四年目にやっとでき上った字書でございますが、この木版の断片を見ますたびにも、父や叔母や叔父やがずいぶんと苦心した当時が偲ばれるような気がいたします。そうしてこの本が、ちょうど私と生れ年を同じにしておるのも、なんとなくなつかしい思いがいたします。

何でもこれを作りますについて、そのころ幕府のお許しをいただくということはかなりの難事であったということはよくきいていました。出版ということが許されない時代では、一冊の写本でも、何人も何人もがその周《まわ》りに寄り合ってのぞいて見るという騒ぎなのでしたから、父は洋学を志す人達にぜひとも必要なこの大事なズーフハルマは、写本でなく、どうかして修正して版にしたいものと早くから感じて、幕府へ願い出ました。が、なかなかむずかしくて、そのためにはもう地位を捨ててもというほどに論じましたそうです。やっとのことで御許可が出ましたが、それは代々幕府に仕える蘭家としての桂川ゆえ許されましたので、他には決してそれをきかれなかったと申します。

この事業は、その当時としては、たしかに珍しくもまた人さわがせのできごとでございましたのでしょう。ことに異国のことをくわしくするというわけで、最初のうちは、毛唐よばわりをしたり、邸へ石を投げるなどいうことさえございましたそうですが、それも年とともに幕府はもとより、一般にも役に立つものということが認められたとみえまして、私が物心ついたころには大いに迎えられておったことを今もおぼえています。

古い書き物の中に邸の図面がございますが、このズーフハルマをこしらえるについて、二階建ての大広間ができて、ここがその仕事場にあてられたようです。そうして版を彫ることから紙を切ることから、一切の職人を邸に呼んでやらせておったと聞いています。その様子がよほど評判になって錦絵にまでなっておりますが、公《おおやけ》にはそれとは名も出せなかったようでした。私が知っておりますのは、二へん目刷《ずり》か三べん目刷かの時だったのでしょうか、た

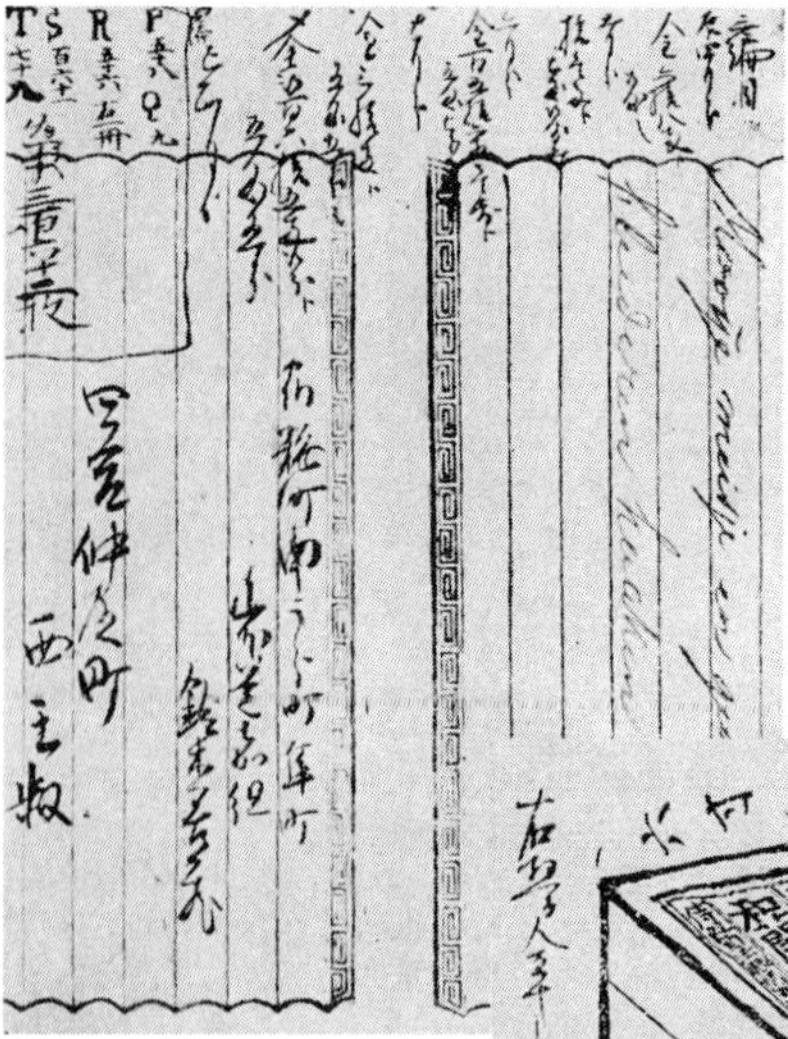
甫周自筆の手帳に残る
ズーフハルマ刊行覚書

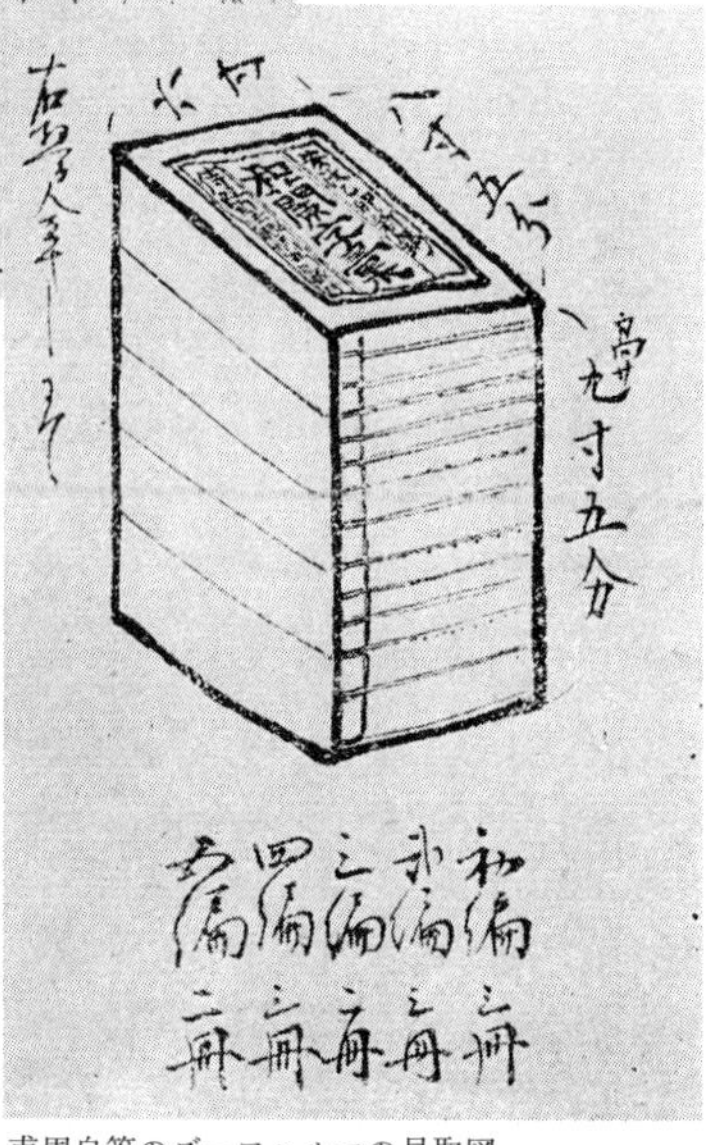

甫周自筆のズーフハルマの見取図

くさんの本が積みかさなったり、それを受け渡しをしていたりする光景が、ついこの間のようにさえ思い出されます。

さて、これには金田のおじや柳河さんあたりのお手伝いもあったことですか、桂川としては、前にも申しましたように、父の妹の香月叔母とその弟甫策叔父とが主になって、父を助けて日夜このことにあたりましたとか。とりかかりは働き損は無論のこと、罰も平気、何日間かの閉門も覚悟の上で、ただ一生懸命。ところができ上ってからは、あべこべにご褒美も賜わったというのですから、ほんとに鬨《とき》の声をあげたと申します。

ここで香月叔母のことが出てまいりましたが、叔母はお城の叔母のすぐ下の妹で、その生涯を兄なる私の父のために捧げつくしたと申してもよいほどに、父にはよき助手でございました。いくつの時か江戸に疱瘡《ほうそう》の大はやりだった折、顔一面くろあばたになりましたので、ついに嫁ぎませず、兄のもとでいとつつましやかにその天分を発揮しておったとでも申しましょうか。私には母亡き後八つまではこの叔母がただ慕わしい、ただ優しい叔母でしたが、世の人からはよほど非凡の方のように言われ、父も「おゆたおゆた」と申してはことのほかの御秘蔵で、大奥にお歌の会など催されます折など、詠草をまえに、よく叔母と相談しておったことなど幼な心におぼえておりますが、一事が万事、そんなふうでございますのに、叔母は見かけはもちろん、心持ちもごくごく地味で、父を杖とも柱とも天地に第一人の方として「おあにいさま、おあにいさま」と敬うていましたし、また女中頭のようになって家の中をきりまわしながら、出入りの者の一人一人からも慕われておりましたが、惜しいかな、早逝いたしました。

近ごろ和蘭字彙の跋に叔母の名ののっておることをきいたり、その出版の陰に、かよわい女性のまことをこめた手が働いておったことなどを思い合わせますと一層なつかしくてたまりません。

浜風

この節は見物も避暑もほんとに手軽にできますが、むかしは、それもかれこれ七十四、五年も以前では、ただの遊覧でさえが江の島かまくらといっては、それはそれは大したことのようでした。桂川でもちょうど私が七つの夏だったと思いますが、日ごろ奥様代りで、上下のこと内そとのこと何によらず一切をきりまわしていそがしい香月叔母がかねて楽しみにして、好きな歌ごころもそそられていた江の島へゆかれたことがありましたが、なかなか億劫《おっくう》なものだったと子どもながらに感じていました。何しろ弟子坊主の奥さん達や、腰元、伴まわりの者、みんなではかなりたくさんな同勢で、ちょっとといってもひと月がかりでした。

そうそう、どなたも女は髪かたちをまず気にするものでしたが、叔母さまは切り下げだった、びんたぼが少し出て、ゆるめに紫の打紐で結んで、五寸ばかりうしろに下げたあのおぐい、いい、し、紋絽の黒のお被布《ひふ》もお似合いだったお姿、いつもお服装などおかまいのないかただったから、かえってそんなおつくりが叔母さまにはしっくりしていました。ふだんはごくごくお質素、ちょっとしたなにかの時の召し物は大ていりんずの無地か目立たないお召の縞物かで、お被布はきまって黒、お衿《えり》は白のときもお納戸のときもありました。まじめな時のお支度は黒羽二重にかぎっていたようでした。

「おみちゃんや、おとなでお留守してね」と仰有《おっしゃ》ったおこえ、おかごがギイギイと出ていったあとのあっけなさなど、いろいろこの間のことのように思い出されます。またお芝居で見るあの歩き方から、挨拶のしようから、すべてのものの腰、よくもあのころのあの様子をとったものと思い合わされもします。

さて、おみやに私は松竹梅の貝細工のお屏風や、蝶貝をちりばめたお文庫や、酢貝《すがい》をいただきましたが、それらは今日あるものとちょっともかわっていやしません。おや貝細工というものは私が七つのとき手にとってよろこんだものと変らない、なんとか趣向もありそうなものだのに少しも進歩がない、ほかに賞美するものもなかったあのころの方が、むしろ今よりすぐれているくらいではないかとさえ思われもします。なにしろ貝細工のお屛風といってはめずらしいので、三月の節句にはお屛風拝見といって見に来る人もありました。酢貝というものをまた大そうに大へんがったもので、酢の中にいれると貝が動きますので、あれあれ歩き出す、そらお話してる、そら離れていった、というさわぎ、あとからあとから取り出される小石や貝なども、子どもの目から見ればあんな石ころお庭にもいくらもあるわと思ったりしましたが、これも江の島、あれも江の島と、大人がよろこぶのですから、ほんとによかったのでしょう。

それから「浜風はいいよ、浜風は」としきりにいわれましたが、これもよほどよかったんだとみえます。友達というものはなくて、大人の中にまじって、浜風浜風とたびたび出てくるその浜風に色も形もないだろうになど、お袖の影から考えていた自分自身の様子もおかしゅうございます。

また、さざえとりの海女の飾りっけのないそのままな様子がかえってお気にいったようでした。袖なしのじゅばんのようなものと、藁か海ぐさでこしらえたみじかな前掛のような物を巻きつけてるほかは、なんにも身につけないで、水の中をくぐったり、岩の上で潮風に吹かれたりして、なにか言葉をかけてみても通じないらしく、ただ頭を下げておじぎばかりしているその鄙《ひな》びた素朴な動作は、おのずから風流にも思われてよかったのでしょうか。どんな所をみてどんなに感じたものなのか、今だに私には分りません。昔の人は今の人とちがって、ただなんでもにじいっと見入る。なにしろゆっくりしたものです。その代りそれも一生に一度ぐらいの遊覧だったのでございましょう。

その折のおばの歌に、

立ちよるも涼しき袖のうら風を　我ものかほに海女やしむらん

七つの御祝

桂川の貧乏やしきといって評判だったことはたびたび申しますが、ズーフハルマではまるで生き上ったようになりました。大分売れたと見えて、そのお祝があったようです。くってみればよっぽど前、それは私の七つの祝いから二年か三年ぐらいさきのことになりますでしょう。

さて七つのお祝と申せば文久元年のことですが、そのころはまだ香月のおば様がいらっしゃって、あれこれ心配して下さって、きものもおば様から着せていただいたことを思い出します。おば様がお小さい時分ははでなこともあったようですが、私の育ったころはそうでなくなって、衣服なんかも女中の方がいいくらいでした。糸をきいきいやっていたのは、なんでも屋敷でも糸をひいて織っていたようで、なにかのことの外は呉服屋などよびません。いつかの年かいこを飼うのを休んだ折は、今年はおべべをよごしてはいけません、かいこができませんから、とよく叱られました。白無地の反物がたくさんできていて、かたをおかしたのが私のふだん着でした。外へ出るときは紋つきのほかは着られません。芝居や花見の時は別ですが、親類づきあいや仲間の間のまわりの時は、なかなか規則がやかましかったようでございます。

私のお祝のためには、呉服やが来ました。おば様のお肩にきれをあてがったり、番頭が御馳走の御酒に酔って歌をうたったりしました。たしか大丸でした。小僧を二人つれていて、大分注文をたくさんうけたものと見え、みんなに頭を下げてかえって行きました。「あれなあに」と私はききました。帯はこれがいい、あれがいいとずいぶん気を揉《も》んでいらっしゃった御様子は今も忘れません。帯のものはなんとかいいましたねえ。桃色地でかたは黒で出ていて、笹竹のじくと葉でした。それに金糸銀糸で梅の花を所々に入れたもので、すばらしい丸帯だと大層評判されました。母方の木村では惣領娘にお金にあかせてきせましたが、香月おば様は母親がないからと、一生懸命御自分で図案など書いて、お誂《あつら》えになりました。やっぱり金糸銀糸の縫いで、松竹梅をうき出させた総模様のきものでした。いきなり三枚着をきせられ、裾《すそ》は長くひいていますし、それに袖がまた大変で、立って振りまわしたりまくって歩けば叱られます。これではきもののいいのができてもちょっともありがたくなくって、窮《きゅう》屈《くつ》で自由に動けない苦しさは今だに覚えております。それに着替えも幾度かあって、あっちを向けこっちを向けと言われて、そのいやだったこと、それから髪はおちごでしたけれど、おば様はそのおちごの恰好《かっこう》を大変やかましく言われました。芝居のお姫様のするのと同じようにおちご（それはおちごではありませんが）、おちごがかくれるように大きな花かんざしをさしたものでした。金ということでしたが、あれだけほんとに金むくだったら重くって困ったでしょうと今思います。お祝いに下駄もたくさんきますが、振袖のときは必ず草履をはきます。駕籠に乗るからでしょう。

当日は芸者がお座敷にきていて、チャンチャン……と賑やかな音がしていましたし、台所には料理番も来ていました。女中たちは私の顔を見ておめでとうおめでとうと申します。そんなにおめでたければ早く何か食べさせて欲しいのにと思って、みんながあちこちしている間に私は御馳走ができ上ったところへ行って、振袖すがたのまま、ちょいちょいとおいたをして歩きました。どれもどれものきんとんのやまの頭がとれていますので、運ぶ段になって大さわぎ、叱られた叱られた、なぜおっしゃらないと女中頭からは言われますし、おば様はお泣きになりましたが、そんなにわるいことかしらと自分にはわかりませんでした。

ながのお別れ

多分私の八つの年かと思いますが、香月叔母が流行の痲疹《はしか》にかかって、廊下には人があっちに行きこっちに行き、大騒ぎになりました。手に手をつくしたあげく、何だか行者のような人が大勢来て、菰《こも》を敷いたり家の中に火をともして御祈禱をしたり御経を上げたりするようになりました。桂川は蘭家なので、そういうことは忌《い》んでいましたが、なんでもうちの中はおはまのおじい様やおばあ様の勢力がつよかったようでしたから、父一人の思うようにもならなかったものと見えます。

一方また私を痲疹から離すというのがひとさわぎでした。そのころでは、そういう病気ははなしてさえおけばいいと思っていたからでございましょう。私が一間から出ますと、何だかからだ中にかけられました。ただいまの消毒のお薬のようなものだったでしょう。私はまるで、敵の側にとり囲まれているようでした。痲疹というものが大将なら、その一つが自分をあっちに引張りこっちに引張りしているように思いました。かねていくさの話をきいていましたので、そんな気がしたのかしれませんが、私としても片時も離れられない叔母様、大事な大事な叔母様の御大病とあっては、もう思うのさえたまらず、きくのさえ恐ろしくなって、むしろ自分からもこんないやな心配な渦巻《うずまき》から逃げ出していたいような気持でもございました。そのうち叔母はとうとう亡くなりました。母さま代りに育てて下すった大恩あるかたですけれど、同じ邸うちにおりながらながいこと御様子もわからず、それこそ知らぬあいだにお葬式のことも済んでしまって、いつのまにか私はながのおわかれをいたしたのでございます。

思えば、おば様はやさしいかたでした。しかしことによると男のような方、男も男、さっぱりしていた。読み書きでは柳河さんと仲のよいお友達でしたが、柳河さんさえ一目《いちもく》置いていたくらいでした。それでいてお仕事はよく遊ばして、たすきをかけて一日働き通し、台所の手伝いさえなさいました。私のことなども他の者まかせではなく、よっぽどおば様がして下さいました。私はお客様があるとよくおば様の御袖にくっついていて、口をワアとあけてお話をきいていました。そしておやつは十時と二時とにいただくきりだった私は、そんなとき混雑まぎれにお菓子をいただきましたが、おば様も苦笑して「いいよ」とおっしゃいました。ですからいただけるようなこういうお客様を私は臭《にお》いでかぎわけることが上手でした。

おば様のお部屋の手だんすの上には人形やなにかがのっていましたが、今も手もとにあるそれらを見ますと、心はすっかりあのころに帰ります。それからまたおば様のお部屋の前に絵のような桜の木がありましたが、私が一度それに上ったとき、おば様は内からお見つけになり、「たぞ来てほしい、おみちゃんが」とお呼びになったお声や、私がはじめて髪を結いましたとき「おみちゃんや、あなたにも結えますね、おでこがよごれますよ」などとおっしゃったお言葉が、今だにきこえるように思います。

おはま御殿

すべてを取り締まる人のいなくなってしまったうちの中では、子どもよりも年ごろの人の方がにぎやかに遊んでいました。私はさみしいあまり乱暴になり、お茶碗なんぞはほうり出したりしました。

ある日のこと、大ぜいお客をするのだったでしょう。ひろぶたにできたての御馳走がきれいにならべてありました。いったいそこはもう台所に近いところなので、私には行けないところでした。何でも幾段かの棚に御料理が段々に並びます。女中頭の指図でできた膳部を亡くなった叔母がいつも一通り目をとおすのがそこでした。

その日、私は不意に一人でそこへゆきました。まあおいしそうな御料理、早くたべないとお客の方に出ますから、自分でおはしとお皿とをもって来て、得意になってすわりこんで、欲しいものをあちらからこちらからもはさんでどんどん食べてしまいました。だれかが見つけてオヤッと言いざま奥へ注進にゆきました。おつまをしたというので、一大事とばかり女中頭に言いつけたのでしょう。もちろん一応は叱られましたが、別にひどく叱るものもありませんから、そのために逃げだしたというわけでもありませんでしたが、なんとなくおはまが恋しくなって、それにおはまには大勢子どもがいましたので、私はただお浜お浜と思ってかけ出しました。上草履のまま、袖は長い振袖すがたで、なんでもおはま御殿へついたのが真昼間《まっぴるま》のようでした。

門を出てからおはまの何々御門というところまで三丁ぐらいでございますかね、もっとありますか、そうですね、四、五丁ぐらいもあったでしょうか。とにかく駕籠でよりほか出たことのないみちを子どものあしでほんとに一生懸命でした。

御門はけずった真四角な大木で建った大したもので、まるでお宮みたいでした。大人でもそのしきいをまたいで通るのは骨が折れるほどでしたから、小さな私はそこで困っていましたら、門の両方にこちらにもあちらにもたっていた侍たちが出て来てききました。「名まえはなんというか」。ただ「みね」と申しました。「おうちは……、何しにきたか」などと次々に申しましたけれど、「おじい様のところにゆく、おじい様のところにゆく」とくり返すばかりでした。こりゃなんだか変だと奥へ知らせにゆきました。やがて私は中へ連れられて行きました――半丁ぐらいもあったでしょう。みんなびっくりしました。御奉行さまが私を抱きあげて「すぐに甫周を呼べ」ということになり、御怒りになってお杖をとんとんついていらっしゃいました御姿が今だに見えるようです。

父はすぐにまいりました。「ここまで独《ひと》りでくるのはよくよくのこと、ふだんそまつにしていなければかようなことはないはず」と非常なお叱りでした。父は「行き届きませんでした」と手をついて平《ひら》におわび申しあげていましたが、何も知ったことではないのでびっくりしていました。おじい様のお袖のかげからそのお姿をみて、私もお気の毒でなりませんでした。なんでもそのことに関係した女中が出されることになりましたが、このままそんなものをおくのはよくないとか、なんとかごたごたしました。私は子ども心で、逃げておいはまにいようなどと思ったのでなく、ただそのことをおじい様に申しあげようと思ったばかりでしたが、じじ様は亡くなった愛娘の忘れがたみをたまらなく不びんがって、もうもう手もとからはなすことができなくなったと見え、それなりに私はおはまにあずけられることになりました。

私はおはまが好きでした。いくら馳けてあるいても、つきることがありません。まず最初はおはまの中を四方かけ歩いてみました。ちょうどとが人が放されたようでした。一切自由でした。

おかづさまというのはおじい様の末娘で私と同年でしたが、いつ見ても梯子《はしご》段《だん》の下でお灸をすえておりました。おじいさまは私の方を可愛がっていましたようなので、なにしろ私は威張ったものでした。今までがき大将だったいとこのおとしさんは私に自分の位置をゆずりました。何でも私が号令がよくきくと言うのでした。その弟の浩さんはおとなしい子でした。お菓子なんか食べやしません。お見せといって、みんなにとりあげられてしまいました。それでも武士だ武士だと独りごとを言っていました。

時々、私達は馬鹿げたけんかをしました。おとしさんが私のいやがることを言います。「あなたのことをいったんではないわ、あなたのお父様のことよ、毛が坊主にはないわ」と言いますから、「坊主でも奥医だわ」というと、奥医坊主奥医坊主とはやしたてます。

梅の咲く時分になると、おとしさんの威張りようはまた大変なものでした。梅は花を賞美し実を賞美する、病気の時にだってたべるでしょうと自慢します。おはまの梅林は、眺めというより実をとったからでしょう。手が入れてありませんでしたが、ずっと道はついていて、何万本かつづいていました。おとしさんはわがもの顔にそこを自慢しました。私は仕方がありませんから、ずっと松の土手があったのを、自分のものにしてしまってあらそいました。けれども「あなたの松じゃないのよ、松風なんてさむいばかりよ」とか、おとしさんに言われますと、かなわないと思いましたが、それでも「松風のみや残るらん」という唄の言葉が耳に入っていましたので、やっぱり松がいいなと思いました。

それもこれももう八十年近い昔のことになりました。まるで夢のようでございますねえ。

天下泰平

ひろいひろいおはま一帯、どれぐらいありましたろうか。いとこ達と毎日存分にあそびまわっておりましたが、四季折々の眺めをほしいままに遊ばすための将軍家御遊覧所のようであったこのお浜ゆえ、決して私どもが近寄ってはならぬ場所も多うございました。聞くともなく聞いていました話では、御殿のお縁の下には金銀の棒がちょうど丸太でも入れてあるように置いてあったり、金砂子銀砂子を撒《ま》きちらしてあることなども、ほんとだったといいますが、それよりも幼な心の印象に残りましたのは、やっぱりおはまと言えば梅、梅を見ればおはまを思い出しますほど、あそこには梅の木が多く、行けども行けども梅ばかりというようでございましたが、これは梅の花よりもむしろ実を珍重いたしましたようでした。そしてそれが奉行の役得にもなったようでした。

あたりの眺めとか感じとか、もっとおぼえていますればよろしゅうございましたが、何せよ子どものことでいろいろ思い出せませんが、海に近く、きき馴れたあの松風の音は忘れていません。

　おまえは　はあまのお奉行さま　潮風に　もまれてお色が真黒だ　おや　お色が　まあ
　　っくろだ

などと出入りの者の誰やらが蔭で歌っていましたのをいつかききおぼえて、私も面白がってうたいましたら、女中頭のよねから大変叱られましたが、そのふしまわしなど今もそのままに覚えています。黄八丈のおめしでいつもおこたにあたっておられた、お鼻の高いあごの長いお色の黒いおじいさまのお姿が心にうかびます。またそのころお邸でお茶会がはやったとみえまして、よく粉茶をひいたものでした。「天下泰平大下泰平」とうたいながら、ごろごろと挽《ひ》く石臼の音が秋のまひる、しいんとしたお浜の御殿の中できこえていたのが耳についていますし、あのころはみんな無地の着物で白衿《しろえり》だった女中たちの身なりも目にうかんで来ます。

さておはまの奉行木村は地位は高くありませんでしたが大変なお金持、当時たった一人娘のおくに様と言ったら、お器量よしで芸ができて、薙刀、馬、武芸に至るまでなんということはなく優れていて、片手で碁盤《ごばん》の上に石をおいたまま持ち上げたという話ものこっています（碁も二段の腕前がありましたとか）。こういう申し分のない奉行様のまな娘が、桂川には乞食の子もくれないという程貧乏な雨もりがする学者の家に、どういうことで縁づくようになりましたかについては、はじめは誰もほんとにするものはなかったと申しますが、これは将軍家御みずからおもしろいおとり合わせをあそばしたのでございまして、

「又助、娘を桂川に、仲だちは余だ」

とまで仰せだされた以上、ただ一言ハアッと恐れ入りますばかり、なぜになどとはもちろん、上様《うえさま》の御声がかりに違背《いはい》など決して決して申しあげられなかったものでございます。

こうして成り立ったお台所つきの奥様は、よっぽどおせいの高かった方とみえ、おかごか

らおおりになるときは、みんながハアッといってしまったそうです。翌日から薬の名の蘭語でもなんでもすぐ覚えてしまったというところを見ますと何にでもたけていた方のようです。借金は大変なもの、それに弟妹の数も多い桂川にまいりましても家の中がよく治まっていったばかりでなく、夫婦仲のよいことはまた有名で、外出にはいつも駕籠が二丁揃って出ますとか、桂川のおしどりとまで評判されました父と母、ある日お縁の先で庭の秋景色にじいっと見入っていましたが、折柄パラパラと紅葉が散って来ました。あんまりきれいなもみじ、母はすぐさまひろい上げて、白いふくさにその色をその形をそのままに捺《お》して、

このままに払はでみばやひと葉ふた葉　風のもてきし庭のもみぢ葉

と歌も母の手で書いてありますのが、今は私にとりましてはまたなきかたみでございます。染めぬかれたもみじの色も褪《あ》せず、とり出して見ますたびに何とも言えぬなつかしい思い出でいっぱいになりますが、それにつけても母も生い育ったあのおはま、時代に移りかわりはあっても、あの松風にかわりはありますまい。昔の音もこもってと思うともう一度行ってみたい、せめて遠くからでもおはまを見たい、否おがみたいような気持が私にはしきりなのでございます。

新銭座のおじさま

母方でのたった一人のこの叔父は、お役目柄お浜を離れて、芝の新銭座に住んでおりましたので、「新銭座のおじさま」と呼び馴れて、今度もおはまについで叔父の思い出ばなしにでもいたしましょうかと思っただけでも、存生中のことどもは次から次と頭の中をゆききして、この二、三日は、まるでそのころがまたきたかのような心地でいっぱいなのです。

いかめしくお馬で登城する叔父が、なんでも祖母の部屋に挨拶に上る時はすっかり子どもの無邪気にかえって、「お母様何か」と両手を重ねられたというような逸話も、私にとってはただ叔父にたいするなつかしさを増させるものでございます。たしか年に一度か二度叔父が桂川に参りますが、その折は、ドウーンドウーンギイーギイーと音がして「木村様おいり」と大門をあけて三ぴんも土下座するあたり、ちょうどお芝居のよう。まず御仏前に拝をなさって後いつも対面の最初の言葉は、「上様ますます御機嫌よく」と主《あるじ》が申しますと、先方も同じことを申し、こんどは双方声を揃えて、「恐悦至極」、さて何々とそれから初めて普通の話となるのですが、御挨拶に連れられて出る私などもおじぎの数さえきまっているといった調子でした。

叔父はきつそうな大きな武士《さむらい》で、それでいて愛のこぼれるような方で、子どもに対してもいつも少しも礼をお欠きにならず、ピタリとお手をおつきになっておじぎをおかえしになったので、子どもながら恐れ入りました。そして新銭座の叔父様といえば、子どもの時分から最後のお別れするまで、いやなお顔を見たことはありません。ニコニコとして「いい子だね、おとなしいね」とおっしゃったのが耳について忘られません。

さてこの叔父が軍艦奉行の役柄、咸臨丸で米国に行くことになりました時は大変な騒ぎで、何しろ軍艦といっても和船も同様なぐらいのもので太平洋を乗りきろうというのですから、生きてかえれるかどうかもわからないくらいに思って、知らない人まで邸の前に押しかけたそうでした。人を連れて行くことはむずかしかったようでしたが、福沢さんが僕でもいいからぜひにと非常に熱心にお願いなさるので、父から紹介してとうとういっしょに行けることになりましたが、途中お船がこわれかかってずいぶんこわい思いをなさったそうでした。父の覚え書の中に、

咸臨丸正月十九日浦賀出帆、二月廿六日三不乱（さんふらんしすこ）着、凡そ三十八日目、

三月九日同所出帆、四月十八日江戸到着。

送木村摂津守

身は遠くえみしが海をへだちても　心のゆきてあはぬ日はなし

と書いてございます。

大人は心配していても私はおみやのことばかり。その時のものは卵のようなかたがついた藤と紫のぼかしの更紗《さらさ》で、それを長い間、着物できせられましたが、そうそう思い出すとふさのついた洋傘もいただきました。傘よりほか知らなかった時代でしたから、とても珍しくて見てばかりいました。女中達はしゃぼんをいただきましたが、匂いがよいのと異人のように色が白くなれると思うのでみんな白粉の上から一生懸命ぬりつけていた様子を思い出すと吹きださずにはいられません。

あちらでの話でおかしいのは、一枚ガラスの戸というものを知らないので、裃《かみしも》をきてちょん髷《まげ》をのせたお侍が、つき袖をしたままあちらへ行ってドカン、こちらへ行ってはドカンと突きあたりますので、向こうの人はまるでトンボがガラスにぶつかるようだと笑いこけたそうです。また絨氈《じゅうたん》の上におそるおそるはきものをぬいで上ったとか、歓迎にシャンパンの栓をぬいた時には、スワ事だと刀に手をかけたとか、いろいろ失敗談がありました。
叔父は帰ってから、日本の海軍のために種々意見を申しあげましたが、幕府の方がまだ考えがすすんでいないので用いられず、一時引退したこともあって、その時父に送った歌が今も手もとに残って水茎の跡もなつかしく思われます。

世のうきはきかすともあれ花鳥の　み園の垣にへたてある身は

御維新《ごいっしん》になってからは幾度仕官をすすめられても、ふっつりこの世から志をたち、詩や謡に一生を送って、徳川の旧臣として終りをまっとうしたのはあのおじ様らしいといつも思います。夕方よく納戸《なんど》からお出になって、庭に面した縁側に座ができて、高砂や何かうたいをうたっておられるお姿がはっきり記憶に残っております。どこか非凡の力をもちながら、何をきかれても断言したことがなく、こうじゃないかと思うがと、何も知らないおじいさんのようになっていたおじの心をなつかしくも奥床しく思い出します。

御維新の下地

掃部様《かもん》

今でも雪がチラチラするのを炬燵《こたつ》の中からじっと眺めておりますと、掃部様が桜田御門外で殺されなされたときの騒ぎが目の前にちらついて、幼いころの朧《おぼ》ろな思い出がつぎつぎと浮かんでまいります。

それはちょうど三月の御節句の日でして、井伊の御家例で御主人が鼓をお打ちになると聞きました。その鼓を一打ちあそばすと皮がパアンと破れました。奥方初め家老たちはみんなで気にして御出勤をお止めしたのですけれど、何と申しあげてもお聞きにならず、大事な時だぜひ出るから支度せよと言われますので仕方ありませんでした。神からのお知らせを受けていましたのに、無理にお止めすればよかったと後で非常に悔いたと言うことです。その当時私は六つぐらいでしたからどうもよくは覚えませんけれど、母がありませんので香月という叔母の部屋でやすんでいましたが、何かごたごたすると思って向こうの方へ行って見ますと、うちの者は誰も顔の色がなく、無言であっちへ飛びこっちへ飛び、廊下で突きあたるというくらいの大騒ぎでした。どうしたのどうしたのと度々きいて見ましたけれど、誰も何とも言ってくれませんで、早うあちらへ行っておやすみなさいと言われたようでした。なんでも提灯《ちょうちん》をさげている人達の姿が眼に残っているところをみますと、朝も早かったのでしょうか、今こういうことを書くのでしたら、たしかなことをもっともっと父からきいておけばよろしかったものをと今さら思いますが……。

さて徳川家の大事な役人が殺されたというので、腰の抜けるほどの驚きで、立っても歩けないくらいの心持だったのでしょう。そのくせ赤穂の大石のように井伊家の家来の中から讐《あだ》を打つものが出ませず、どういうわけか家来たちがこそこそと跡片づけをして、静かに引き取って謹んでいるほかしかたがなかったと見えます。ことしは騒動があるだろうという噂もありましたが、何事も起こりませずそれなりけりと言う始末、掃部様の首がなかったとかあったとか、まことに淋しい御最期でございました。泣寝入りと言うことはこんなことでしょうね。

世間では彦根の腰抜け武士などと悪口を言いましたが、大石の場合とは事情が違うように思います。あれは言わば同志打ちの喧嘩《けんか》で、御主人の無念を晴らしたい一念で、下手人をそのまま生かして置いてはと言うのですが、こちらはやった人達は水戸の浪士でも、薩摩や長州のような力ある大名の家来たちが蔭にいてどこまで根がつづいているかわからず、誰が何のためにしたかと言うことがなかなか知れません。問題を大きくすれば国が乱れるばかりですから、井伊家に物のわかったりっぱな武士たちがいても、ただ泣寝入りする方が井伊家や徳川家のみでなく、皇室に対し奉っても忠義になると考えたものと思われます。君辱《はずかし》められれば臣死すと言いながら、死ぬことさえもできないで、私のうらみは血の涙をのんで忍び、静かに外の仕事に心を尽くされたものと見えます。彦根藩のりっぱな人物を私はあとでよく知るようになりまして、その御心持ちがわかりました。近江西郷と呼ばれた大東義徹さんなども亡夫と義兄弟のような仲でしたが、いつも掃部様の御話となりますと急に座を改めて謹んで語られると言う風でした。

考えますとこれ以来どうも徳川家はいけなくなり、何となく国が乱れ世の中が騒がしくなって、御維新の下地だったと後からうなずかれることが少なくありません。和宮様のいらした時もごたごたがあったらしく、公方《くぼう》様の亡くなられたのも怪しいと言う噂でした。

閉門

それ以来桂川家でも奥のおもしろい遊びもなく、鉄砲洲の邸の普請《ふしん》もやめ、諸藩の人達の出入りが激しく、政治むきの話が主になって、何となく人心恟々《きょうきょう》とでも言うような気分となりました。私の幼な心にも深く感じましたのは閉門を受けたことでした。父の末の弟に主税とも長太郎ともいった人がございました。中背のころころとまるく太って、大口をあいてアッハッハッとよく笑うあかるい感じの方でした。開成所の方の教授方をしていらしたようでしたし、また何でも調練を教えておられるとかで、桂川の邸の辺をお通りになるといって私は覗《のぞ》きに行ったことがありました。裏が金で表に紋をつけた裏金陣笠《うらきんじんがさ》を紐であごに結び、袖なしのちゃんちゃんの衿幅の広い羽織みたいなものを着て、黒びろーどのやはり幅広の縁のついた袴をつけ、法螺《ほら》の貝を鳴らしていらしたようでした。法螺貝は重いものだということや、陣太鼓が鳴っていたのが記憶に残っています。

当時旗本の次男坊と言うものは、見出されてどこかへもらわれれば格別、一生部屋《へや》住《ずみ》の埋《うもれ》木《ぎ》でしたが、藤沢という三千石の御旗本から桂川の主税をぜひほしいと先代が遺言して亡くなられたのです。これをきいた父は弟のために嬉し泣きに泣いたと言うことでした。才気がありますのでトントン拍子に出世しまして、御維新《ごいっしん》のころは若年寄格とか言う陸軍副総裁職について、勝さんといっしょにしておりましたそうです。

この叔父が何か公儀で言い過ぎでもいたしましたと見えておとがめを受け、桂川まで閉門を仰せつけられました（公武重職録中、藤沢志摩守次謙の条を見ますと、元治元年七月二十一日歩兵奉行を免じ逼塞《ひっそく》とあります）。

私が遊んでいますと、袴羽織の人達が断りもなしに五、六人ずかずかとはいって来まして、往来の方に向いた窓々を釘付けにしました。その時母屋《おもや》は普請中のこと、長屋住まいでしたが、その窓から両国橋や御蔵橋が見えて墨田川に棹《さお》さす屋根船の火もほんとにきれいに見られましたものを、と申しましてもいたし方はありませんでした。ただお庭の方はそのままでしたから、あかり取りはできました。それから外へ出られないように、大門に五寸釘を打って行きましたが、湯殿のわきに三尺の開きがありましたので、そこから内緒《ないしょ》に出入りしていましたようです。そうして三年間は閉門と言うのでしたが、半年ほどしましたら門は開けられました。なんでも叔父の言う方がいいことになりましたらしく、何せよ政治は乱脈で勝手なことをしたものでございます。

次に藤沢の叔母から聞きましたのですけれど、初め叔父は馬で登城をしていましたが、やがて駕籠になって、それを玄関で下ろさないで座敷に持ち込み、人払いまでして戸をあけます。それは切腹して帰ったかとの気遣いからでした。まあ今日も御無事でおめでとうございましたと申したそうですけれど、騒々しい生命がけの世の中がわかる話だと思います。

あぶりこの火事

私の生まれ月はいろいろに申しますのでよくわかりませんが、安政二年の三月のお節句ごろという人の方が多いようでございます。母はその年の十月ごろに亡くなりましたとか、これもはっきりいたしておりません。あの大地震の折にはもういなくなっていて、ばあやが私を抱いたまま縁からころがりおちて気絶していたそうでございます。

昔の縁は高いものでした。まあ二階のようなもので、ちょっとは庭に下りられません。幅のひろい三間半ぐらいかと思う程の幅の段々がかかっていました。主人の居間から納戸《なんど》へ行く廊下などには手すりのある所もございました。

乳母は気絶しながら私をしっかり抱いていて、とろうと思っても手を離さない。気がついても泣いて人手に渡さない、ようやく地震だということがわかったということでした。その話を後にきいた私は、地震だ地震だとさわぎながら縁からとびおりたりして、真似してしようがなかったそうでございます。

そのころの住居はなんといっても広くってかくれんぼうしてもわからないくらい、あっちにもこっちにも離れていて、甫策叔父様と主税叔父様のお部屋もそれぞれありました。平生父が御飯などいただく居間は八畳でしたが、それからよっぽどはなれたところに茶座敷がありました。そこは六畳くらい、炉がきってあり、床の間には今でもよく家で見る掛物がかかっていました。

ここから火事が出ました。あぶりこと申しても今ありますかどうか存じませんが、ずいぶん大きな竹であんだかぶせぶたのある炬燵《こたつ》のようなもので、黒塗りになっていたように思います。父の着ますきものをこのあぶりこにかけて、お帰りまでにはちょうどよいくらいのあたたかさにあったためて置くことになっていましたが、それに火がつきました。母屋とははなれていますから火事になってもなかなかわからないのですが、幸いに女中が着物を見にまいって、障子があいたら煙《けむり》と火がパアッと出た、それでキャッと言いました。

その時床やが来ていて叔父様の髪を結っていましたが、変な臭《にお》いがするといってるうちに、この声をきいて床やは火事だ火事だとどなって歩きましたので、みんなが寄って来てあぶりこを叩きつぶしてしまいました。私はそれをすっかり見ていました。パアッといってキャッというさわぎ、床やの主人や叔父様が水を汲んでは撒《ま》く、おじ様が髪をバラッとして火消しに大層骨を折っていらっしゃるお姿、そんな有様が今見えるようでございます。この火事は天井がこげただけですみました。障子につくと大変だとか、床屋が来ていてよかったとか、みんなが言ってました。

この茶座敷の隣に湯殿があって、真中《まんなか》は板の間、その次が化粧の間、ここは肌《はだ》をぬいで男がお化粧をするところで、叔父様はここで髪を結わせていらっしゃいました。床やは時々来て、朝から晩まで家中のちょん髷《まげ》を結って行ったものでした。その脇に物置があって、夏のすだれの置き所になっていたのもおぼえています。

考えてみれば今は狭《せま》っ苦しいおはなしです。ゆっくりとした気分を持つ部屋もないし、お庭もないし、外へ出ると言ったって自動車、せわしない世の中でございます。

藤沢志摩守

藤沢のおじはちょっと眼がさがって愛嬌《あいきょう》のある顔で、一見愉快になりました。まああのくらい愛嬌のある顔はめったにございますまい。それに何か言うことがおもしろいので、おじ一人いるとその部屋がいつも楽しいようなおもしろいような所になりました。

おじは五つ六つのころ甫悦《ほえつ》と申しましたが、その時分のこと、だだを言って泣いていると、みんながいかにもおもしろそうに遊んでいるので、うらやましくてたまりません。いきなりきものの裾をちょっとつまんで、「海に人がおります、ジャブジャブジャブ」と水の中を歩くかっこうでみんなの仲間に入って来たのには、一同思わず笑いくずれてしまいました。またある時、祖父が「静かに」と言ってもおじがさわいできかないので、立って次の間に叱りにまいりますと、「父上様これなら負けませぬ」と剣術の身がまえ、そのとぼけた顔つきではおかしくってどうしても甫悦は叱れないと申したそうでございます。桂川では月に一ぺんめんのしと言って御馳走が出ました。そうめんか何かでしたが、兄弟で突っつきあって楽しそうにいただいている中に、おじが何かでプッと吹き出したとたん、鼻から素麵が出てしまいました。あわててそれをたぐり出す叔父の手つきのおかしさと言ったらなかったと申します。

こんな叔父でしたから、三千石の旗本から養子に懇望されてなかなか出世しましたが、御城に何かありました時の話、叔父は「こんどこそおあにいさまと同席ができると思っていたら、あにはからん、自分はまだまだはるか小さく見えるくらい段がちがって下座にいた」と申して、私の父を心から敬まっておりました。

「志摩守さまおいで」と言うと大門があいて、ドドンと石を下げた音がする、私たち子どもは着物をきかえさせられて、お仏壇のある六畳の間に押し込められています。おじはまずその六畳に参りますが、お障子もじぶんでは明けません。ついた人がおあかりをつける間おじはすわってじっと御仏前を見つめています。やがて線香をあげてお辞儀をなさいますが、髷《まげ》があがると子どもらに「大きくなったね」とお言葉がかかります。私たちはおじぎと言われて、うしろからちょっと突つかれました。それからおじは父の部屋に行って、はじめて笑い声がきこえて来ました。

志州君もとんだ御怪我、乍然不日にも御快復と奉存候両三日前唐通と一所にお尋ね……

と言う柳河さんの御手紙がございますが、これはなんでもおじが攘夷党からやられたんだろうと思います。暗討《やみうち》にあったのかも知れません。こちらからどうかするととっちめることもありますが、まあ泣き寝入りです。血が流れて大変だとか、それでもうちどころがよかったとか言ってたのをかすかに覚えています。公《おおやけ》には御見舞もできませんけれど、ごく懇意なもの親類の者はちょいちょい行きました。お手紙の中の唐通とあるのは神田孝平さんのことでございます。

このおじは兄弟の中でも何かがひろく、よくできた方でした。学者と言っても通常の学者とちがって、その人になってしまう、そのものに入り込んでしまうと言う風で、号を梅南と言って、絵もよくかきますし書もできました。叔父が写した「元和戎衣の図」というのが今も私の手に残っておりますが、おじはよくこんなものをいじっていて、父が行き合わせますとおあにいさまがいらっしゃったと喜んで、二人で何か見たり国のことかなにかも話し合ったりして、晩御飯になってもお箸をとってからおさめるまでが長くって、お相伴《しょうばん》はつらかったものでございます。

御維新《ごいっしん》後、おじは静岡で茶畑を買いました。恐らくあそこの茶畑はおじが最初でございましょう。いろんな人が大ぜいで組んでやったらしいのですけれど、何しろ生活にはなれないので下手ですし、その中には正直な人ばかりでもありませんから、人のいいものは負でございます。おじはこの茶畑で大分困ったようでした。元老院を引いてからも、借家だけれど大きなおうちにはいって絵ばかり画いていました。何をしてもたべることには困らないような才をもっていましたが、何しろ子どもは大勢なうえにその茶畑の借金が大へんでしたから、楽ではございませんでした。

藤沢のおじは中肉中背で別に大きなからだではありませんが、動作などはいかにも重々しい人で、借金とりが来てもおじの愛嬌のある権威のある顔を見るとお気の毒で、なんとも催促ができないばかりかおかねを置いて行きたくなったそうで、それにお話が上手でどんな人でもひきつけられてしまいました。明治十四年と思いますが、叔父は腸チブスに罹《かか》り、病中近火を見るといって起きて、それが因《もと》で亡くなりました。父は仲よしの弟にさき立たれてがっかりしたと見え、それから四ヵ月後に自分もあとから逝《ゆ》きました。叔父のように身にあまる才をもちながらも、借金でしばられて思うような働きもできず、四十八の働きざかりで世を去りましたのは、どう思っても惜しくってなりません。

甫策おじ

桂川四代の甫周（国瑞《くにあきら》）は顔かたちもきれいで性質もおとなしく、上下から好かれたということですが、私の父甫周（国興《くにおき》）もその四代に生き写しだとの評がございました。どこのうちでも父が行くとお台所が大騒ぎで、障子に穴があくという噂、お茶を持って行くと言って争い、順番でひとりひとりちがった人が出たと申します。子ども心にも、父といえばお品のある方という風に頭にしみこんでおりました。品のいいと申すのも、生活になんにもかかわりがないからでございましょう。用人の大島陽右衛門と弟子の大野甫立《ほりゆう》とが経済のことはすっかり引き受けて、一切主人がわりをしていまして、あるじでもあんまりお金をつかうと二人が意見してもうあとはもってこないと言うくらいでした。この陽右衛門というのは、祖母のおかん様が前に一度嫁いで行った家の子で、父には異父兄弟ですけれど、主従となっていますので、父はよびすてにしていました。

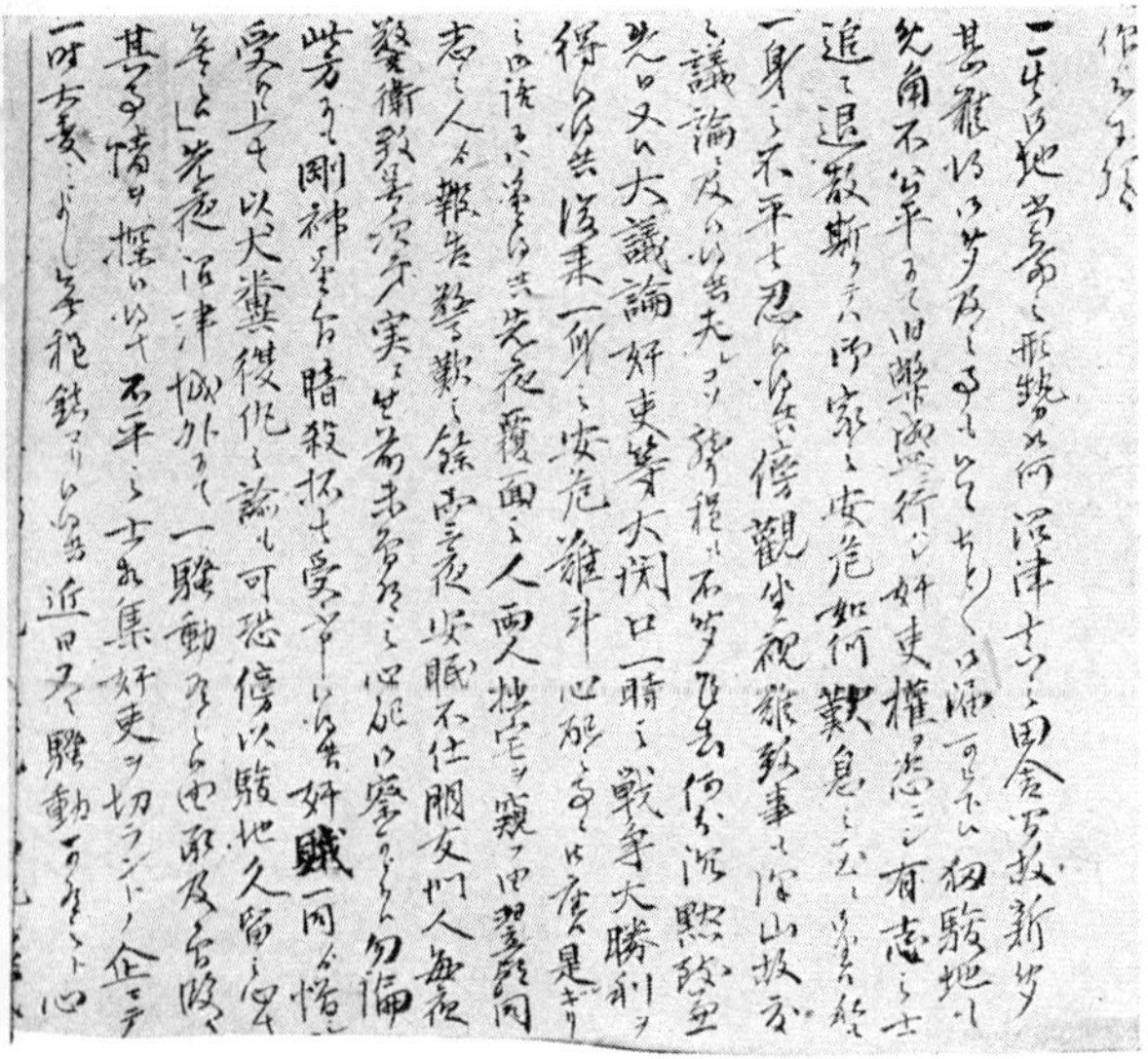

父は十七くらいの時、何か飛び越える拍子にひどく胸をうち大わずらいをいたしましたので、それからは無理がきかず、自然風流とか歌、俳諧とかに心を寄せていたようでした。河鹿《かじか》でも飼っていたのでございましょうか。「誰かおるか」と言う父の声に参りますと、まず「すわれ」と言われ、「蠅の生きたのを持って来い」といいつけられましたので、一

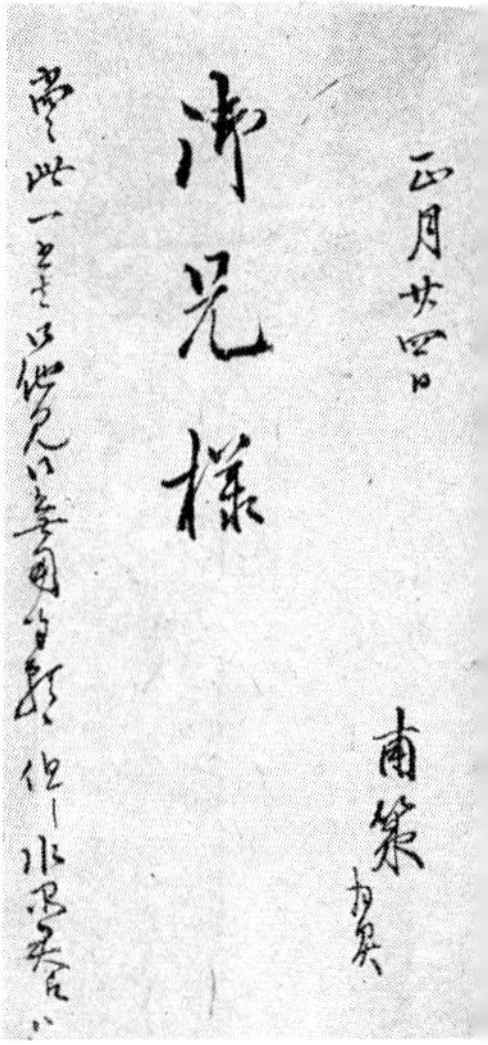
桂川甫策の手紙

生懸命さがしても、あのころはなかなかいなくって困りました。三日に一ぴきくらい持って出ると、「とれたか」とやさしく言った父の様子が思い出されてなりません。

この父を助けてズーフハルマや何かに骨を折っていた甫策《ほさく》おじはずうっと桂川の二階にいました。そこはひろい八畳の間が五つも六つもあって職人が来ました。おもてむき職人をうちに入れることはできず、何しろ内証のことなので、今も手もとにある錦絵には女姿になっていますが、みんな男がはいっていました。あの絵がズーフハルマだよときいたことがございました。このおじはつんぼだったので、あんまり友達とのおつきあいもなく、三度の食事を食べに下にくるだけで、いるかいないかわからないくらい、勉強に一生懸命でたちもいいと見え、化学の方では宇都宮さんとともに指折りでした。その弟の藤沢のおじの方は毎年畳換えをして花でも活けてと言った風でしたが、甫策おじはそんなめんどうくさいことは大嫌い、むろんこどもなんかと話をすることもしませんでした。いつもぼろっきれを着、耳も遠いけれど、先生先生と人が申していたところを見ると、よっぽど翻訳の方はよくできたようでございます。

御維新《ごいっしん》後のことでした。私がはじめのうちは元気のいい娘でしたが、しまいにはじきに泣く娘になってしまったので、石井さんが気の毒がり、一切のもの入りを自分で受けもって甫策さんに私のことを頼みました。ある時、甫策おじは平日のかまわぬなりで、向島のいい料理屋に私と叔母を連れていってくれましたが、船がついてさて上って見ると、女中達は丸帯で白半襟が似合うかと思うほどの人柄の身なりだったので、私たちはかたくなってしまい、何をたべたかわからなかったこともございました。

叔父は浄瑠璃か長唄かなんか名人の芸をきくのが好きで、寄席や芝居にもちょいちょい参りましたが、聾《つんぼ》でよくまああんなにわかったものと今でも不思議に思うくらいでございます。

虱の殿様

桂川には代々学者肌《はだ》の人が主人の弟にありましたそうで、いつのころですか、少し気がへんになるくらい学問にこって、一生兄のもとで暮らしていた人があったそうですが、汚れた着物をきて平気でいるばかりでなく、虱《しらみ》がごそごそと背中をはっていないと落ちついて本が読めないと言う困ったお癖《くせ》がありましたとか。その方がお風呂にはいっている間に下衣から何から何まで今までのはすっかり新しくとり替えて置きますと、お湯から上って泣き顔になり、どうか一匹だけは種《たね》にのこしておいておくれと手を合わせて頼んだと申します。

膝栗毛の作者の十返舎一九なども桂川に出入りして、この方にいろいろ御相談に来ましたそうで、ご自分は身分があって名を出せないようなことも、一九にいろいろ教えて書かせたと言われるくらい、何かに力があった人だということでございます。一九のなんとかいう作の中で、「築地の桂川さまへ行って診《み》てもらい」などと言わせてあるともききました。古くからおってなんでも知っていました千代という女が、この虱の殿様のことをよく話してくれたものでございます。

虱と言えば、神田さんと柳河さんとでこんな詩や歌を父のところにおよこしになったことがあったと見え、今も手もとにのこっています。

半風行　　　唐　通（神田孝平）

当直蒲団生臭気　半風陸続去還来
一頭捕得挑灯見　形似牡牛色似灰

半風をおそれて夜着をぬぎ捨てて　全く風をひきにける哉

柳四渓（柳河春三）

和半風行

手捫半風看古史　無端感慨動情来
秦家不用混同策　王猛雄心自作灰
　晋書苻堅瑧親訪王猛之方曝背捫虱傍若無人
半風元来好臭気　大生夜直蒲団中
初食背中与肩先　従夫次第及惣躬
於是夜直甚迷惑　欲称病気頼諸公
又憶明朝興議論　論勝遂止遠方通
色々工夫終不眠　且痒且憤満身紅
試問此者何所似　全与所振賤妓同

山川のおば様

私もいつの間にか八十三になりましたが、御維新《ごいっしん》の昔を思うと今さら夢のようでございます。まるで大火事でもあって、江戸中が焼けて行くのもおんなじで、大変な騒ぎでした。男はどこにいるかわかりません。女だけがうちに残って、めぼしいものをしまって夫の指図する所へ行く、奥様が地方の人ならそのお国へ、という風でした。桂川でも、父はどこかに出掛けて幾日も幾日もいないことが続きました。お気に入りの侍の平太郎が秘密の御用を勤めていたらしく、同じ侍の勘次郎と二人、ひとのいないところで何かソッとはなしているのも見かけました。たしか上野の戦争に出たらしゅうございます。平太郎は用人格で四十がっこう、ちょっと先が高くなっていた平べったい鼻、唇のあつい大きな口、太い声、「左様なことはよろしくございません」と言った口調も耳に残っています。

そのころは私は、あちらに三日こちらに十日と、よそを廻りあるいておりました。きものを持って行くと申しましたら、きものどころかと叱られました。「女がぼろを着て死ぬのは死に恥ね、あなたはどうお思いになりまして」と十三、四のものがよって話したこともありました。「自害するのはいいけれどこわいわ」と誰かが言いました。「おばか様ね、こわくてできますものか」「じゃ私は止めますわ、でもとう様がおっしゃるようにすればそれでいいわ。まあおしるこたべましょうよ」とおしまいにはお汁粉でした。いつも二ぜんきりたべられないので、ごたごたまぎれに三ぜんいただいてみたかったのでした。

男の児には腹を切ること、女の子には自害の仕方を教えますが、大ていは大人がついていて介錯《かいしゃく》をしてくれますから、ただにっこり笑って死んで行けばいいのです。無茶苦茶に死なないで、りっぱに書置きをして死体の処置を大人に頼んで死ぬ、こういうことは、よく言いきかされていましたから、子どもでも、コトンとも言わさず静かに死んで行くことができます。自分は桂川の娘だということだけを、死んでもおぼえておればいいと父が申しました。武士の娘という考えが、昔はきつかったようでした。めったにしおきはしませんかわりに、武士の家に生れて、その名を汚《けが》してはならんというその一言で、まるで人が違ったようになりました。

私は父から、短刀をわたされ、道明寺《どうみようじ》をもたされて、本所割下水《わりげすい》の山川という旗本の邸へ立ち退《の》きました。そこは私の叔母が嫁いでおります先で、邸は桂川よりも狭かったようでしたけれど、やっぱり用人もおり、下女たちも三、四人おりました。叔父の伊十郎はでっぷり

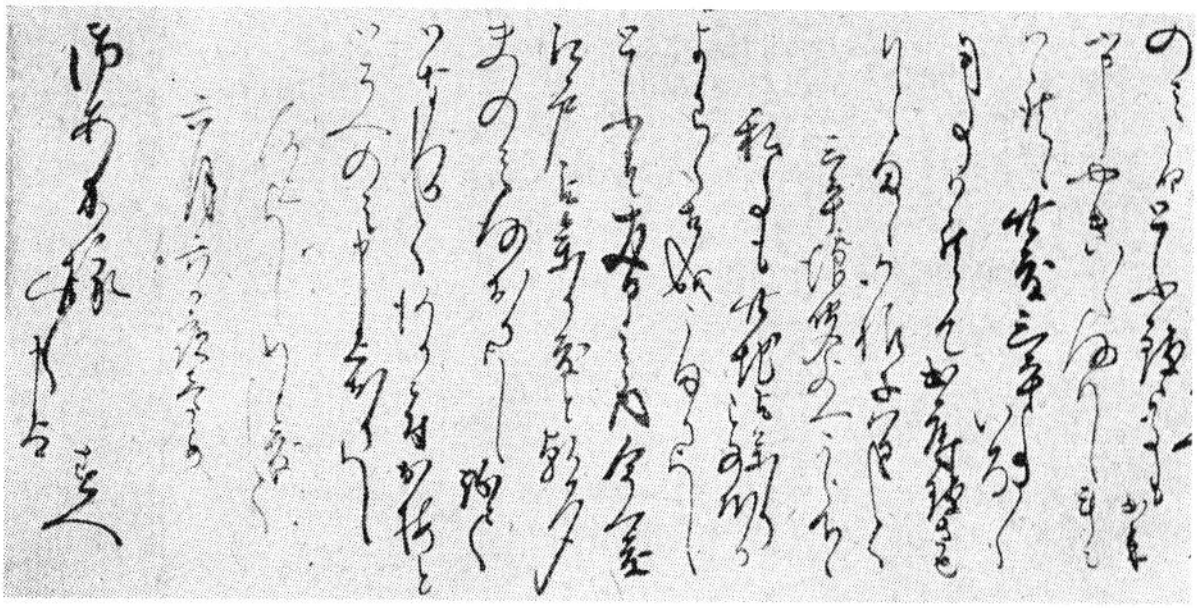

山川のおば様の手紙

太った、色の黒い、あんまりものを言わない人でした。幕府の鉄砲のかかりを勤めていまして、鉄砲の使い方にくわしいようでした。平日打ってみて、戦《いくさ》につかえるようなものでなくてはならなかったのでしょう。

　山川の叔母はおすへといって父の一番末の妹でしたが、ごくごくやさしい兄おもい、おあにいさま孝行のひとでした。あのころ三十くらいの年ごろだったようでございます。ちょうど、上野の戦争の時かと思いますが、官軍は武器にかつえて、方々旗本屋敷にはいっては、何かしらそういう道具をもとめあるいていたらしゅうございまして、山川などたくさんな武器があるだろうとあてこんで、いちはやくやって来ました。

　こちらは、どうしてやるものかと家中総がかりで、鉄砲や弾丸をお庭のお池の中へほうり込みました。どんどん踏み込んで持って行くものと思いましたので、大急ぎで隠したのでした。ところが官軍の中から二、三人おも立った人が玄関に添った座敷に上り込んで、叔母はそれと応対していました。日ごろ、お直人《じきびと》、またびとという考えは始終念頭にあるのですから、そんな場合も、叔母は女ながらにきりっとしていました。談判はなかなかやかましかったと見え三時間ぐらいもかかったようです。私は、女中たちがみんなこわがって引込んでしまいましたので、お茶をはこんでそこへ出ました。官軍はたばこをのんでいたようでしたが、大いそぎでとびすさってあいさつをいたしました。大へんやさしくていねいでした。黒い西洋服に、襟が白だったのが今も眼にのこっています。みんな眉の濃い、せいの高い、こわいような人でした。どっかに、キンギレがついていたそうでしたが、私は見落しました。

おばは黒の五つとこ紋の正装で、九寸五分をふところにして、いかにも武士の妻という風でした。それこそ、何十人をでも相手に死に様を考えてかかったはなしですから、女でも論判がよかったと言う評判でした。死を決してかかった様子は先方にも通じるとみえまして、向うもどこまでもていねいでした。

鉄砲は今日となっては徳川の方では使わないのですから、かえって厄介物くらいですが職務上自分の方で処置しないで、官軍にとられてしまったとあっては武門の恥辱《ちじょく》になる。渡すべきものに手続をふんでお渡しいたしたいと、こういうようなことをおばさまがおっしゃいました。私はそばから、こう申してやりました。「出せなんておっしゃっても、御使いになるから出せません。それでどんどん私たちの味方をおうち遊ばすからいやでございます」

ところが、官軍は案外なさけがあり礼儀もあって、むこうでも、それをわきまえていて、むりに召し上げて行くとは言いません。最初は少しへんな顔をしていましたが、だんだんうちとけて来て、

「自分たちは、そういう役でやって来たのではない。どういうものか、どこにあるか拝見するつもりで来たのだ」

と申しましたが、叔母は「お見せすることもできません」ととうとう見せませんでした。こんなおだやかなこととは思わず、あわててみんな池にほうりこんでしまったのですから、今さら見せるわけにもいかなかったのでしょう。

そのうち日をきめてお邸といっしょにひきとりに来ますから、それまでそちらで御随意にお取りしまりを願いますと、こんなにまで言って官軍はひきとりました。言わば、おかくしなさいと言わんばかりでした。あとでは官軍の評判がよかった。官軍さんは鬼のように思っていたらいい人だ、こちらにも同情をもっていると思いました。しかし、あれじゃおどかしがきかないなどとも言い合いました。そのあと、みんなはさっそくお池にはいって、鉄砲をとり出していました。きものをぬらすまいと思って、すそをまくっていた姿がまだちらつきます。鉄砲は大きく重くって大変でした。池からほうり出して池のふちにずっとほしてあり

ました。たまは箱につめましたがぬれていて、私が「しまつがわるいわ」と言って叱られました。

さて、この山川の邸もとうとうめし上げられまして、静岡の方へ移ることとなりました。用人が子をつれて、荷物をこしらえて行く姿を見ました。みんな公方《くぼう》さまのいらっしゃるところへおともをする精神でも、静岡が人でいっぱいになってしまうほどのおけらいでした。何しろ八百万石のおちぶれなのですから、めいめい散乱しなければなりませんでした。山川は幸いに居どころがあって静岡の方へまいりまして、その後便りも二、三度ありましたけれど、その中にいつとはなしに所在がわからなくなってしまいました。何しろ今とはちがっていますので、安否のききようもなくて、まったく生きわかれとなってしまったのでございます。おうめという娘も浩坊というのも今どうしているでしょうか。叔母が無事でいましてももう生きている年ではございますまいが、多分あのあとで間もなく世を去ったのではございませんでしょうか。

たつのとし明治元年十二月二日に認《したた》めたたよりが正月の十二日にとどきましたのと、その年の六月六日付の手紙が今も手もとにのこって、写真よりなつかしい思いでくりかえしくりかえし昔を偲ぶよすがとなっております。

（明治元年十二月二日認めの父へのたより）

……出立の節はいろ〳〵おせわさま戴き難有おかげ様にて滞《とどこおり》なく出立致し十四日にて原村百姓泰蔵方へ着致し参らせ候。御安心あそばし下さるべく候。近日渡辺知行所中里村へ引移参らせ候。藤沢にても長太郎様おはじめ御さゑ〳〵しく御出に成候まゝ御《お》悦《よろこび》あそはし候様存上参らせ候。そなた様にもいかゞあそばされ候や、おもくろみの事も万事は御とゝのい被成しや、御あんじ申おり参らせ候。甫さく様には御立帰りに其の地へ御出府被成しよし、御帰り相成り候へはそなた様の御様子相知れ候御事と、たのしみおり参らせ候。しかしながら手前にては中里村に参り候まゝ甫さく様長太郎さまとも七、八里もはなれ候まゝ誠に〳〵心細くめつた御めもじ様も出来不申こまり参らせ候。おさつしあそばし下さるべく候。どうぞ〳〵来春は是非〳〵いらせられいたゞきたく御願申上参らせ候。

日々江戸の御事のみかんがへおなつかしく実に〳〵何とも申上候様なき心地致参らせ候。伊十郎事もいづれ来春はいろ〳〵用事も御座候まゝ出府参らせ候。山々宜しく申上候様申伝参らせ候。おとせ様おみね様おかよ江山々よろしく仰せいたゞき度願上参らせ候……

（二年六月六日認めの分）

さてまた春中は伊十郎事上り久々にておめもし様申あげ有難、御まへ様御はじめ御機嫌よくいらせられ候御事承安心致参らせ候。御主人様には御やつかい様に相成候御事山々恐入参らせ候。そなた様にても此節はいかがいらせられ候や、誠に御あんじ申上参らせ候。私事は女の事故只々御あんじ申上参らすのみにてどふ致御事も出来不申、やき〳〵いたし候斗《ばかり》に御座候。此度三平事いろ〳〵用事御座候て出府致させ参らせ候まゝ御様子くわしく三平江仰聞させ下さるべく候。私事も此地に参り殊の外よわく相成こまり参らせ候。どうぞ丈夫の内今一度江戸に参りたくと朝夕夫《それ》のみ存じおり参らせ候。誠に誠におなつかしく何に付お梅と御うへのみ申上おり参らせ候。

名ごりの夢

雲にかけ橋

近ごろ父の手帳を見ますと、鉛筆の走り書きで端唄《はうた》が二つ三つしるしてありました。それを見てむかしのことが見えるように目にうかんでなつかしくてたまりません。父は端唄が好きで、またそれについてよく理窟を言いました。自身でうたうということは見かけませんでしたが、亀吉という年寄り芸者がよく来て弾きました。柳河さんでも宇都宮さんでもみんな亀吉の弟子ですから本物でした。亀吉は一見識《ひとけんしき》あるもので、芸者のくせに宇都宮さんや柳河さんに御辞儀をさせて、先生のようにしていたのはえらいものだなと子どもながらに思いました。

〽雲にかけはし　霞にちどり
およびないとて……

の端唄が桂川でよくはやりました。詞《ことば》もうまいし手もきれいでむろん本調子だったと思います。

〽《本てふし》あまりつらさに　出て山見れば　テンテン
雲の　ツン　かからぬ山もなし
ツンツンツンツンツン　チンチンチンチン　チレレツ　テッツル　チチーンツ　チャン

これは三味線をきかせる曲でした。静かなしんみりとした調子で、父が大好きでした。手をちゃんとひざの上に行儀よく置いて聴《き》いていた父が、時々そこのところをもっと上げたらなどと評をしますと、柳河さんがさっそく筆をとって、何か書き入れていなさる御様子がまだ眼にのこっています。この唄は多分柳河さんのつくったものでしょう。柳河さんや宇都宮さん達は雲だとか山だとか、そういう言葉がお好きのようでした。

何しろ私は自分で習ったのでもなし、そばに立ってきいておぼえましたのですから、何かがぼんやりしていますが、三味線の手だけは、どうやらハッキリしているような気がいたします。いったい不思議なものは三味線ですね。抑《おさ》えるとチンと言い、はなしてテンと鳴る、それで言いたいことに合って行って、人を笑わせたり泣かせたりする。一を打つとトーンとなるあのひびき、無量な思いがある。たった三本の絃《いと》のはたらきは大したものですね。その点に至ってほかの鳴り物にたちまさっていると思います。そんなわけを誰かわかる方におそわりたいおそわりたいと思っていますうちに、三味線の音色《ねいろ》についてききたいなどとは言われない年にいつかなってしまいました。

それから今だにおもしろいと思う唄があります。これも柳河さんの作った物のように思いますが。

〽菅丞相《かんしょうじょう》はつくしの配所に流されて　合　牛にめされて安楽寺安楽寺　御供《おんとも》申すは白太夫《しらだいふ》
平馬の首は飛梅の　怒りの顔色《がんしょく》なるわいやい　そこから　にらましやましても　都の方《かた》
へはとどきやせぬ

はじめは本調子で出て、「菅丞相《かんしょうじょう》は」とあいだを置いてひといき、「つくしの配所に流されて」チチチンチンとおもおもしく、それから「牛に召されて」のふしまわしは一中《いっちゅう》ぶしでしぶいもの、いかにも身分のある方のようすが出ています。「おんとも申すは白太夫」からかなしいような言いようになって、「平馬の首は飛梅の」飛びで、亀吉は仲間でも師匠といわれたぐらいの人だけに、上手ぶって撥《ばち》をぴたっとぶっつけたりした様子をかすかに覚えています。それから「怒りの顔色なるわいやい」とひとことひとことしっかりきめ、「そこからー」とのばして置いて「にらましゃましてーも」で急に声をぬいて、きれいなのどで投げぶしのようにうたい、「都の方へは、とどきゃせぬ」チレトツチリチャラチレ、トッチリチャンとにぎやかな囃子《はやし》になるという変化の多いものでございます。この唄は誰にも気にいって中には琴までももち出して来て合わせるものもありましたが、これはうまく行かなかったようでした。この端唄にはたしか踊りがありました。

「随身巻子」と言う父の備忘録の中に、成島さんのことを菅丞相にしたかえうたが書きとめてございます。

〽佐《かい》先生はコンキの諫《いさめ》に従はず　馬にめされず柳橋〳〵
御供申すは紐《ニュー》太郎　ねらひし鳥は飛梅の怒の顔色なるわいやい
そこから　にらましやましても　同朋町へはとどきやせぬ

（佐先生は成島柳北の綽名おばけ、コンキは「妾」の隠語）

唄といえばいつも杵屋文左衛門《きねやぶんざえもん》の下ぶくれのでっぷりふとった姿を思い出します。このおじいさんは当時長唄界で一、二を言った人ですが、前にも申しました通り、診《み》てもらいたいばっかりに私の手ほどきを名にして桂川の貧乏邸にやって来るわけでしたが、来てみると柳河さんや宇都宮さんとお友達になって大喜び、孝次郎とかいう弟子も連れて来ました。その実、私の稽古はだしで、安宅《あたか》の松などをやり、「旅の衣《ころも》は篠懸《すずかけ》の」というあたり、その節まわしから声音《こわね》から人がみんな手をやすめて、じいっと聴きいってしまうくらいでした。そのあとで大人の合わせ物があったり、友達を呼んだり大へん家が賑やかになりました。何にしてもああいう名人達の芸を自由にきけるというので大評判になり、こうして桂川の家をあの人達が道楽《どうらく》の家《うち》にしてしまったんだと今では思います。

例の柳河さん宇都宮さんあたりが先だちで、鼓でもなく笛でもなく、三下りにもなったり謡にもなったり、なんだかわからない節まわしを口三味線でうたいながらひとりで踊ったりなさいました。

あの山からこの山へ

とんでいつたはなんぢやらう
頭《かしら》にふつぷつと二つ
細うて長うて
ピョンとはねたを
チャッとするゐして
うーさーぎーぢやー

今くり返して、ああいうお唄をおうたいになったっけと、たのしくなつかしく思い出しています。

黒船さわぎ

いつのころですか、黒船さわぎで、桂川の者が大ぜい三田がたという田舎の大尽《だいじん》の宇田家に逃げて、長くいましたそうでございます。ここは祖母の実家の山田とごく近い親戚で、当主はなんでも私の父の従弟ぐらいにあたっていたようでした。その時、蔵から緋《ひ》ぢりめんの巻いた物を何本か持ち出して、惜気《おしげ》もなくぴいぴい端から切ってはお客さんの枕を急ごしらえしましたとか。三田方は裕福だという感じをよっぽど落武者たちにさせたとみえます。その立ち退きさわぎの中には私はいませんでしたが、あとから何かといえば三田方三田方と言って、その折の話をきかされたものでございます。それからまた、その緋ぢりめんを糠《ぬか》ぶくろに縫ったと申しますから、何かいくさの防ぎかなんぞしたのでしょうか。香月のおば様は男が切腹すれば自分はのどをつくといった武士の家の娘というところがあって、立ち退きはなさらなかったようです。

そうしてちょうどこんな時勢をうたったものに次のようなのがございます。

〽あめの夜に日本近く　とぼけて
流れこむ唐模様　乗組　八百人
大づつ小づつを打ちならべ
羅紗猩々緋《らしゃしょうじょうひ》のつつつぽじゅばん
黒んぼは水底しごとする
大将軍はへやにて思案顔　中にも

毛むくじやらのジヤガタラ唐人は
うみを眺め　キクライ〳〵
キンモーパーパー　どら鉢叩いて
貰ひし大根みやげに帰りゆく

この大津絵は有名なものですが、このごろ私どもの古い書きものの中からは、柳河さんのお自作らしい大津絵を見いでました。

〽《大つゑ》ヂエールのあしなみハ
アクトテンポの八段手つづきで
ラードを込め　パトローン
早合《はやごふ》　ネームと取つて
オーペンひらき　インデン
ロープと巣中へ入れて
カルマのストツクをテレツキぬき出し
センターンとつきこんで

おさめはステーキとゲアールリンクス
ひだりの方へもちなほし
アーンとねらへばヒユールと打出す
合急卒連発ヘトロン小隊
ホールマルスとすゝみゆく

これは鉄砲の打ち方でもうたったもののように思います。

〽万国の合国づくし、アジヤ、アフリカ、エウロッパ、アメリカに　合アウスタラリーの外
名高き国々は唐天ぢく、じやがたらせいろん、はるしや、あらびや、だつたんとるこ、
おろしやしべりや、ふらんす、どいつ　合おらんだ、いぎりす　ぷろいせん、いすぱにや、
ずゐしや、ぎりしや、ほるとがる　合合衆国にはわしんとん、めきしこ、ぺえりう、ぶら
じりやにころんびや、　シリ　バタゴン

それからまた柳河さんのお作で、黒船が来て娼妓が外国の人に初めてお金で買われたころのものでございましょうが、やはり水茎の跡も美しく書きのこされた端唄にこんなのもあり

ます。

本てうし
〽よしあしも、なにはの浦のそれならで、心づくしやみを崎のよるべさだめぬ、あだ枕、合うきねの床のゆめにさへ、みた事のない唐人さんと（詞）イヤザマスヨ（詞）ワタクシマコト（詞）アナタペケ、実に苦海はつらいもの

そのころの流行歌でしょうか「太平春詞」と題した父の手帳にはこんな歌がかきとめてございます。

○ろうはすゝまず、せいるはきかず、頼む蒸汽は片まわり

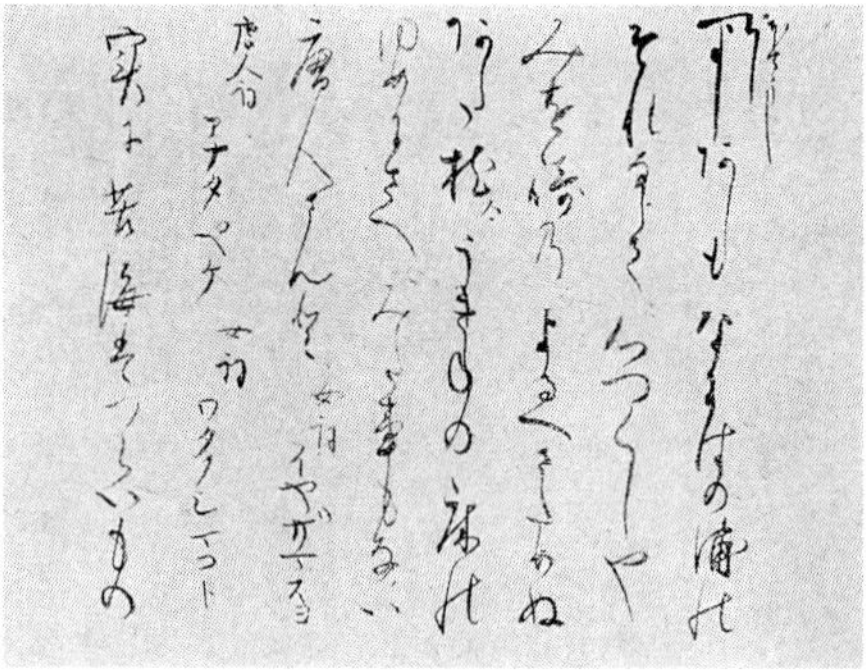
柳河春三筆「よしあし」の端唄

○私しや浜の町小間物やのむすめ、キンキラキン、和蘭ハステラさんと二世のやく、キンキラキン、かねまさどん

おんみつ話

柳河さんや宇都宮さんの中に、いつも申しますが、時々成島柳北さんのお顔も見えました。この方は身分のある幕府のお役人で、何か事がありますと告げにくる、まるで隠密のようでした。それからやはり幕府の役人を勤めていた藤沢の叔父からもおそろしい長い長い手紙がくる、ほんとに何が書いてあるのか、こまかくて二尋も三尋もありました。持ってくるものも腹心のもの、受けとるものも腹心、他のものには渡しもしなければ見せもしません。なんでも徳川家のことに関するものらしく、「上様」「上様」というこえがきこえます。時々「ひい様、あちらにいらっしゃい」と言われましたが、子ども心にもなんとはなしに気になって、行くものかとそこいらにしゃがんでじっときいているのが好きでした。

そうそう藤沢の使の者が可愛がってよく頭を撫でてくれたこともおぼえています。その侍はむろん裃《かみしも》で、夏などは黒絽の袴の腰板に大きな紋をつけていたことなど眼にのこっています。こういう時には、柳河さんや宇都宮さん達が一人たち、二人たちそっと場をぬけて茶座

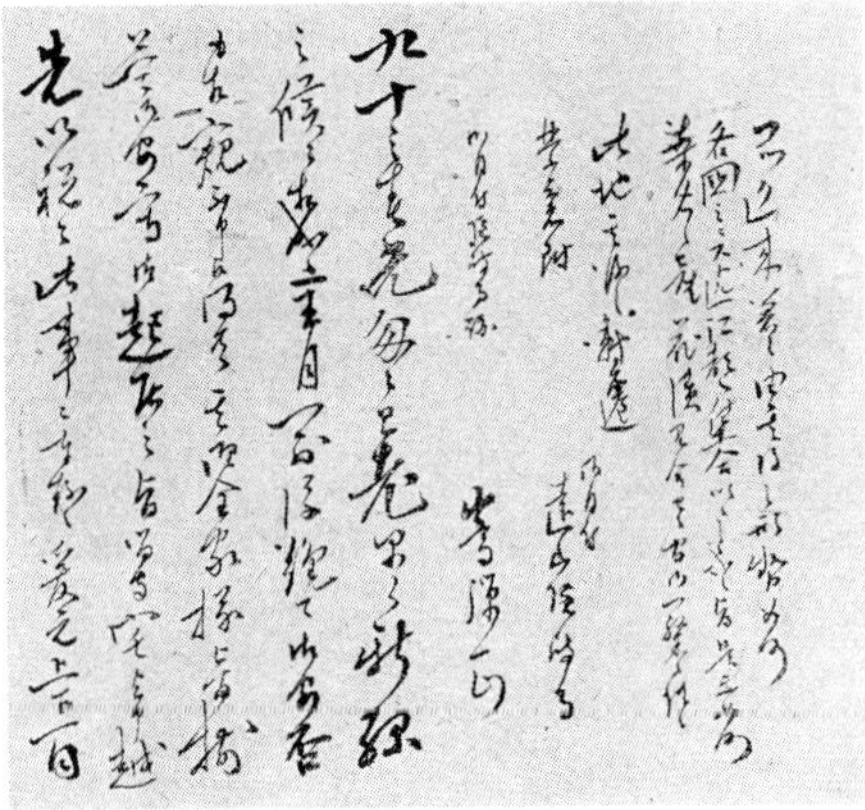

藤沢志摩守より甫周あての手紙

敷の方へ寄って行く、そこはこみいったおんみつ話の場所でした。ちょうど湯殿のうしろにありますので立ちぎきを気にしているようでした。お隣の小笠原屋敷の方には背を向けて建っていました。みんなが子どもと心をゆるしていますから、それをきくものは私だけですが、おさない心にも徳川のことが心にかかって、いやな時勢に生れついたと思うこともございました。父は徳川のためにどうかしてと思って、諸藩の人物を遊びにことよせて集めていたようでしたが、あんなに大きなひっくりかえりだったので、とうとう力が及ばなかったのでございましょう。

内密の手紙類はすべて火中にしたものでしょうが、それでも残っている手紙の中からそのころを偲ばせるものを見つけますと、

前略

一、去る七日
御推任叙、御参内供奉被仰付、先以難有奉存候、実に千古の壮観に御座候も、着慣れぬ衣冠にて終日の糺明俄出来立の相馬公卿と相成困觮を極申候、乍去禁中の光景をも拝見いたし候事は終身の面目に御座候也

……………

一、竹内西坡にも時々面晤、過夕来訪いたし呉れ久々にて小酌寛々対話いたし御噂など申出候、其他中村敬輔など青年之知己も大分参り居り、時々、旧時の談話に及び申し候、
一、甫策様、お登勢坊、御峰坊、御変りも無御座候哉、宜しく御致声を希候、宇都宮は如何唖々不平も有之条察入申候、是亦同断宜しく御致声を希候、同人へ御通し可被下候、小林雄蔵此地にて海陸に備懸被仰、脇治左衛門其他薩福両藩之士と同じく、摂海砲台築造之事より平安七箇処の咽喉御守衛之御用にて破竹之勢全く造花の御人撰と感服仕候、同人も随分困閉を極可申可憐事に御座候也

……………

一、コック来着之由、其後之形勢如何各国ミニストル、江都へ集合いたし候哉之旨是亦如何此地其後の転遷
禁裏附　御目付　遠山陸奥守

御目付　隠岐守跡　　山高弾正

……………（後略）

ああ今から思えば、柳河さんや宇都宮さんの踊ったのもかなしい踊でした。おもしろいおもしろいと手をたたいてごまかしていらっしゃいましたが、泰平の夢がさめかけている瓦解《がかい》の前の淋しさが、そのにぎやかなひびきの中にこもっていたのでした。大変なことだったと思います。柳河さんから父にあてた御手紙のおしまいにかきつけてあるお唄など見ますと、徳川の成りゆきを気にしながら、唄にまぎらしていらした親しい方々のことが思われてなりません。

土佐ぶし（武士）は　しきりに出しにつかはれる
燕雀の軍なんぞ大鵬の心も知らでチウチウ（忠）となく
あすは薩摩へたたねばならぬ虞《ぐ》や虞や汝を如何にせん

「太平春詞（癸亥冊）」の中にも時勢を諷したこんな唄がいくつものっております。（癸亥は文久三年）。

京屋お中
いろと酒とにまよはぬうちはこんな人ではなかつたが
あづま屋お国
人はとやかうおまへの事で苦労せぬ日はないわいな
周防屋お長
九重に雲がかざしてへだててゐれどぬしでなければ夜があけぬ
鹿子しま屋おさつ
おし立てばつよい様でも品玉男かかる仕うちはうけにくい
奥州やおあい
闇に鉄砲どのやうにしても的のあたらう筈がない
阿波やおとく
あるが中にも延ひたつ梅はみてもゆかしきことし竹
肥後屋おくま　熊本屋お連
じつと手を出す雑魚寝のこたつ気かねたえぬか足だらけ
土佐屋お高

ぬしも男じや今更人にえんりよするにも程がある
　金沢屋お梅
おくれながらもけふ此頃はふといめを出す籔の梅
　唐津屋お鍋
おきの毒だよ野中の柳くなりしやなりの風次第
　博多家お筑
ものかずもさのみいはいで気をしめおいてすいでころばすつくし梅
　不二橋屋おけい
敵は千人味方はひとりおもふおまへはふた心

大川端

桂川のやしきが築地中通りから鉄砲洲の方へと引越したのは、私がおはまから帰って来てからと思いますから、多分十一か十二くらいのころでございましょう。ここは大川に沿った角邸《かどやしき》で、門に向かって右隣は路をへだてて小笠原、その反対側の隣はたしか土井とか言ったお邸で、その長屋に箕作秋坪さんが住んでいて、二、三人ある子どもの中に大六という方があったようでした。遊びませんでしたけれど、石の投げっこをして喧嘩をしたこともあります。こっちの庭には山があって地の利をしめていましたので、女の子ながらいつも勝身でした。

大川をへだてて向こうはお船倉、ちょうどうちの窓の左の方に両国橋がすっかり見え、花火も大見えでした。橋ばんと言うものがいて（ちょっと今の巡査と言うようなもの）、雪の日など焚火《たきび》してみんな酔っていたそうです。月夜の晩はまたいいけしきでした。うちに物見があってちょうど屋根の上のようなところ、六畳じきぐらいの板の間ですが、よくお客様をお連れして行ってそこでお月見もしました。

前の通りと川との間はみんな石でしたが、ふだんは人っ子一人通らないさびしいところで、通れば何か変事でもありそうな場所でした。桂川では養子を迎えるので来年から普請《ふしん》がはじまると言って、井戸が掘れたり、裏には材木がつんであったり、そのあたりはとてもひっそりしていました。本家《ほんや》がまだ建っていませんので、長屋ずまいでした。客間十畳、主人の居間六畳、着物をきかえたりする所六畳二間、私達のいる所八畳二間ぐらいだったかとおぼえています。それから御飯をいただく所とそのわきに女部屋とがあって、その後の方に廊下がずっとつづきます。そこから宇都宮さんのおすまいにゆくようになっていました。

父はけしきけしきと言ってけしきばかりたっとんでいました。植木ずきで普請をするにも植木がさきでしてね、古い古い幹の大木も何本かございました。鶴が来て遊んでいたほどでしたからずい分広いいい庭で、何でも千坪以上あると申していたようでございます。ただいまこの宅にあるのと同じ木振りで、もっと大きい百日紅《さるすべり》が池に向かってすっとさし出ていました。びんぼうやしきですから手も十分はいっていませんが、何といっても悠長なものだったといつも思い出します。

調練場と西洋館

お隣りの小笠原やしきとは細い道一つへだてていて、そのしきりには椎の木がありました。この小笠原さんは多分大名だったのでしょう。かまえが大がかりでした。御主人は見たこともございませんが、馬がいくらもいまして、やすっぽい縞の袴をはいた侍が大勢見えました。はいはいと馬に乗っていながら穴玉《あなだま》を投げ合って、それがよく往来の方へ飛んでくるので弱りました。名前は小笠原ですけれども、馬のけいこ場だけにしていて空屋《あきや》だったのかも知れません。それはそれは汚くしていました。けいこがすむと小笠原の紋ぢらしの浅黄色のはんてんを着ていた仲間《ちゅうげん》が箒《ほうき》を持ってしきりに掃《は》いていました。

藤沢の叔父が裏金陣笠《うらきんじんがさ》でこの屋敷に調練に来たことがございましたが、おみね坊とも何とも申しません、それもそのはずこちらは堂々と見物するのではありません、塀に小刀で方々ふし穴をあけて、覗《のぞ》いていたのでございますから。小笠原の方では時にはこちらを馬鹿にして、唐人やあい、などと石をぶっつけたりしたことがございました。その訳と申すのは、宇都宮さんは桂川が好きで好きで泊り込みで来ていらっしゃるうち場所も気に入られたと見え、やしき内の小笠原にすぐそばの所にお部屋までおこしらえになりました。それが西洋ぶしんなのでございます。たしか十畳二間くらい上下あったように思います。それにもう一間はストーブをたく所、ちょっといま珍しいと思いますのは外も中もずっと白壁で塗りつぶしてあって、押すと開いたりする戸棚や何かがありました。それから家のまわりは、摺鉢《すりばち》をひっくり返したような西洋の庭ができました。五寸ばかり土を高く盛って円いのや四角いのや、薔《ば》薇《ら》は薔薇ばっかりという風にできていました。それがまた妙な庭で、花壇だといっても今見るようなのとも少し違うようでした。

考えて見ればその時はやっぱり春でしたね。御自分で花壇に下りてやっていらっしゃるところを見たことはありませんでした。あんまりそんなことはお好きなようではなく、宇都宮さんは何でも西洋西洋で、好き嫌いではなくって、西洋館に花壇はつきものというようなわけからだったのでございましょう。そしてそのお庭も十分できないうちに御維新の騒ぎとなってしまいました。

　宇都宮さんに何の功がありましたのかお国の殿様と始終文通をなさって、主従というよりももっとお近しくしていらっしゃいました。殿様も鉱之進のためならお金をいくら使ってもいいという風なので宇都宮さんが一番裕福でした。みんなのいろいろの遊びのお金は宇都宮さんから出たらしく、それに対して父が西洋館の費用は受けもって勘定済みにしたようにきいております。これは大丈夫五、六千円はかかったもののようでした。じきに召し上げられるやしきとも知らなかったので建てたのでございましょうか。いつ考えてもあの方はほんとに感じのいい方でした。怒ったのを見たことがない、どこかお悪い時でも、そぎゃん、こぎゃん、言うけんに、とかおもしろいことをおっしゃってお元気でした。とにかく宇都宮さんは人情の厚い方、西洋西洋と新しい方へ行くけれど、昔の情に堪えられなくていつも古い方を気にしているお方でした。父の位牌の前にじいっとお辞儀をしていらっしゃったあの姿が始終目に残っています。

一筆あんま

昔は御承知のとおり旧暦ですからちょうど今ごろが初春のにぎわいで、町の両側は松竹しめ飾り、万歳は素襖《すおう》着てまじめ顔、才蔵は浅黄の紋柄たっつけ袴、こごみ腰して鼓を打ち、おちゃちゃらからのまっちゃらこポコポン、後から後から鳥追いチャラチャラ、お獅子はトロピキピーと笛を鳴らして踊り歩く、その中を目のない按摩も浮かれ出し、紋服に袴をはいて「おめでとう」と旗本屋敷へも年始に回る。その時の姿を子どもの時分から桂川家で一筆あんまと言うて、みんなで一筆で書きましたが、早く書き上げた者が勝ちと言うのでずいぶんおもしろいあんま姿ができました。めったに外出を許されない旗本屋敷の奥の春遊びの一つですが、多分柳河さんあたりがはじめられたものでしょう。と言うのは柳河さんもその中におられたことをおぼえていますから。

あそびのことを申せば、まだまだ次から次へ思い浮かびますが、

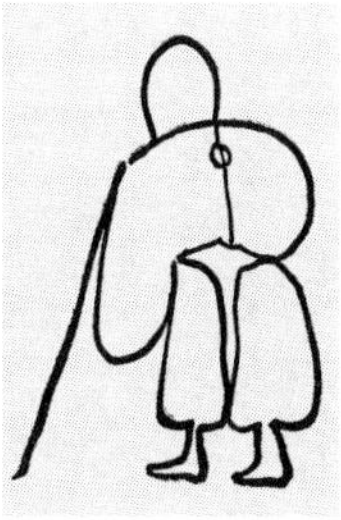

著者描

アルス　メンメツト　ホルド　コムト　イン　デン　ハント
ビチビチビツポンポン　ダツトロ　メーシー　ホーフナ　コウメン　ホツホツ　ホツ

と唱ったのもおぼろに記憶に残っています。和蘭語《おらんだ》だか支那語だかわかりませんが、柳河さん始め洋学者たちが両手をたがいに上下《うえした》して、座敷のあっちこっちの隅に行ってしゃがんだり立ったりして、何か燃やかしてでもいるような恰好《かっこう》の踊りでした。

初午まつり

邸の中に大きな稲荷《いなり》堂があって、初午《はつうま》になるとその前に小屋掛けをします。大だいこ小だいこを鳴らしたり、笛を吹いたり、面をかぶって踊ったり、それはそれは賑やかなお祭が始まります。

なぜうちでは初午をこんなにさわぐの、とききましたら、言伝えをきかせてくれましたが、ある年の初午の前夜に、お隣の小笠原という大名屋敷の物置あたりから火が出て、風下の桂川はまるで火の粉をかぶって、塀一重の稲荷堂に、はや火が燃え移って来ました。これは大変と馳けつけた仕事師達の話には、身に白丁《はくちょう》をつけた狐のような顔をした変なものたちが大勢稲荷堂の屋根に立って火がかりをしている光景をちらと見たと言うのです。そうしてその時はもう大方火が止んで、中央にご幣《へい》が立っていたとも言います。これはたしかに御稲荷様のお仕業《しわざ》だと仕事師たちはこわがったりありがたがったりして、御神酒をあげて大騒ぎをやっていると、聞き伝えた近所合壁《がっぺき》の人々がまた御礼に来るので大変なにぎわいでございましたそうです。

それから毎年初午にはこの言伝えで賑やかにお祭りをすると言う話でした。洋学家でどうしてこんな迷信があるかと子ども心に思っていましたが、うそだろうと思っても大人がまじめに話されるので、今も頭に残って、テレンコテレンコと言う太鼓の音が耳に響いて、絵のようなそのころの有様が目の前にちらつきます。

雛まつりとお手習い

一時は蔭にひそんでいたようなお雛《ひな》様も、だんだんまたその世の中になって来ましたね。雛人形のいわれをむかし聞いたことがありましたが、忘れてしまいました。何でも、内裏《だいり》さま御台《みだい》さまはこんなものだとひな形をつくったものでしょう。宮中のあつまりの時は五人囃《ばやし》がどうだとか、舞姫がいいとか、鼓や笛を見てみんな想像したようでございます。絵に書いてもいいが、御人形にしてみせた方がなおいい、まあこんな教えもあったのでしょうね。一つは行儀の見本に、着付けだのきつけをした人形だのをかざってみせたのが、だんだんあぁ言う風になったと言うことが何かに書いてありました。今は遊びになってしまいましたけれど、昔はお嫁に行くときはきっと持って行く品の一つで、昔の女子教育はそんな風だったのでございましょう。

雛祭はよっぽど古い世のことでしょう。田舎源氏《いなかげんじ》に三月雛祭のくだりがあったように覚えていますが、ああ言う古式が大根《おおね》となっているのでございましょう。やっぱり源氏物語に紫や何かがおひなさまをもてあそんでいるところがありますが、あの婦人たちのあそびにやっている雛のつくりかたが古いんでしょうね。後の雛人形は、源氏物語にある紫だとか葵だとか言う婦人をひな形にとっているように思われます。

私の幼いころは、桃の節句には親類中が寄りあつまって雛まつりを盛んにしたようでございます。もっともそれは町家のことで、武家の方は、ほんとにやるとお金がいるものでしたから、ほんのかただけといった風でした。桂川ではちょっと雛をかざるような御座敷も床の間もありませんでしたけれども、何でも互いに御ひなを拝見と言って行き合うくらいのことはあったようでした。ただいま手もとに二つ三つ昔の人形が残っていますが、みんな木彫でございます。柳河さんや何かよその方がおうちから雛をもって来て、御自分たちの考えによってかざったなどと言う話も頭にありますが、よくは覚えません。ただ古代古代と言うことは耳にのこっております。私はまた何とも言うほどの力がなかった年齢でしたけれども、何でもよそのとはちがっていたように記憶しております。

近ごろはただ内裏だとか五人ばやしだとか、顔やきるいのりっぱなのを見栄としてかざりますけれども、むかしは人形をつくる人は人形にばかり一心になって、ふらふらの手足をくっつけて行くのにめいめいの精神を打ち込んでいましたから、そう言うひなはまるで生きているようでございます。道具をつくる人はまたそれに自分の一生をささげると言う風で、一つ一つに自分の名をほりつけて、何代も名が残るように考えておりました。何でも惣別《そうべつ》、屛風でも花瓶でも腕によりをかけて一生のほまれと言ったように力んで作りました。今は数で作るようですが、昔は手間や何かにはなれてのことでした。ですから御雛さま拝見と言って見てあるいても見甲斐がございました。

御雛さまで思い出しましたが、むかしは何かを見てひとりでに覚えるのが教育だったのかと思います。

私の生れた家では、うちの中のものに手習いをさせなかったそうでございます。手習いでもしているのを見つかると、御じい様が桂川のうちに手習いや歌を習う馬鹿がどこにあるかと言って、大層お叱りになって筆や紙をとり上げておしまいになったそうでございます。そんなことは習わなくてもできるもんだ、外に時間のいることはいくらでもある、時間づいえだ、と言うのでした。そんな躾《しつけ》を受けておりながら、父も叔父叔母も何かができたのは不思議なくらいでした。それは親が手出しをせず、勝手にさせてあるからできるのだと言う話です。ある一人は歌、俳諧が自由にできるようになり、あるものはちゃんぽんちゃんぽん太鼓をたたいて西洋訓練に夢中になり、もう一人は蘭学に凝《こ》って耳まで遠くなって片輪になっても平気だと言う風でした。ほっておいたから、かえって思い思いの方向にすすみ、それぞれの特色が出たのだろうとも思われます。その祖父の甫賢と言うのは、子や何かが十人ばかりめいめいの特色をよせあつめて見てもはるかに及ばぬほどだったそうで、人間じゃあるまいゴット（神）だろうと、親戚や弟子たちがうらやましがったり、がっかりしたりしたそうですが、どう言うものか、それだけ命も短かかったようでした。

私は一番馬鹿に生れついているおかげで、こんなに長生きをしてお恥かしい次第でございますが、そんな家風で育ったものですから、ろくにお手習いもさせてもらいませんでした。いきなり思ったことを歌によんで、それを書くのが手習いでした。いろはを習わせると言うよりも、それを最初から使わせて思うように書かせる。つまり生活がそのまま教育ですね。机のまんなかに御清書を入れておく抽出《ひきだ》しがあり、両わきにも抽出しがついていて、その真中に膝を入れます。赤っちゃけた色で塗ってあった机でした。半紙を二つにおっぺしょって、そこに二首かくのでした。雪が降りました、お山にもお池のまわりにもつんでおります……そんなことを書きましてね、まあ、遊んでいるようなものでした。亀の子や金魚が寒いだろう、そんな歌もありましたっけ。昔は親から、来るお客さんから、みんな話すことでも何でも歌、俳諧のことを話します。別に歌の稽古をするとはなしにみんな歌のけいこになっている。けいこでなしに歌、俳諧を利用してものを言う。別にさあ歌の稽古だと言う時はなく、歌で言ってやると言う気でもなく、ただ さらさらと書いていて、つかえるとちょっときって歌にする、そう言う風に世の中がなっていました。

私もむやみに歌を作ってむやみに書く、何かを見て作ることは早いが、無茶苦茶でこっけいだったそうです。今、手もとに残っている詠草を見ても、あっちこっちからとってつなぎあわせたようなもので、一向訳がわかりません。月二回詠草を出して柳河春三さんに見ていただくのでした。お峰坊の歌でも柳河さんが直せばよくなるにちがいないとはたで言っても、本人の私は朱書を見たこともないくらいでした。大勇《だいゆう》なものですね。柳河さんが直すと言っても、たいていちょっと評を入れるくらいのもので、何しろ「いとよろしく候」と来たらこちらは大層なよろこびでした。

今の教育は骨を折っていますけれど、少しこせついているように見えます。昔は無教育でいけない所もあったでしょうが、その者の特色を出させ、勉強というものをたのしみにさせたのはなるほどそうだと近ごろ思うようになりました。

そのころの隅田川

私の幼いころのすみだ川は実にきれいでした。

すみた川水の底まで涼しさの　とほりてみゆる夏の夜の月

とどなたやらのお歌にもありましたように、真底《しんそこ》きれいで水晶をとかしたとでも申しましょうか。家はちょうど両国橋とみくら橋との間のようなところにございまして、みちを隔てて大河に面しておりましたから、すみだ川の四季折々の眺めはほしいままでございました。物見のお窓から背のびして垣間見《かいまみ》た私の幼時の記憶にのこっていますものの中で、ただ今も忘れられず美しかったとまぼろしのように憶い出ますのは、鏡のような静かな水の面に泛《う》かんだ屋根舟でした。それが花見のころとか月のよい晩などには、よけいきれいな人をたくさんにのせて、のんびりと川の面《おもて》を行き交《か》う風情はほんとに浮世絵もそのままでございます。橋のあたりを船はすべるように行く、チャンチャラチャンと三下りの都々逸《どどいつ》かなにか、三味線の音は水にひびくようです。その調子やひびきに、まったく水は馴れています。そうして船頭は大てい浴衣一枚、それもほんとにちょっと手をとおしているばかりなのを風にふかせて、くるくるっと細く撚った手拭を頭にのっけてるようにした鉢巻、肥《こえ》どろかいつぎのしているような仕方とはまるでちがって、見るからに威勢はよいのです。そしてふりまわす棹《さお》の雫《しずく》はパラッと玉のように散る……とても今は見られない味わいの深い光景だったと思います。当時は別になんの考えもありませんで見ていたのですけれど、後になってもう一度見たり聞いたりしたいというおもいは止まないのでございます。

それからお船つき場というものはその邸々で、小笠原は小笠原、桂川は桂川というように、それぞれ別になっていました。前にも申しましたように、桂川は諸藩の方達の寄り所のようであったいろいろな関係から、邸の大門の側にあったようにおぼえております。自家の船つき場にも屋根ぶねがついて、中からいきな芸者の姿がチラッと見えますことも度々でした。

いったい芸者と申しましても、あのころの一流のものになりますと、なかなか見識もあり、意地といいますかたて引きといいますか、お金を山と積んでも左右できないものがあり、模様によればお金も何もとらないで遊ばせるといったようなつよいところを持っていましたそうです。そして何からなにまでさっぱりとして透きとおるような芸者といえば、みんなそのままに洗い上げたようなすっきりした感じでございました。白粉でつくったようなものは一人だってありません。ちょっと三越に自動車を乗りつけてというわけにはゆかず、長い間みがき上げたもので、まったく一日二日ではできません、手に持つ扇子一本にも粋に粋をこらしたものですとか。

そういう人たちが客の前に出ます時、閾《しきい》の所で三つ指をついて襖《ふすま》に手をかけてスウッとあけますと、まず「ありー」としとやかに挨拶いたします。「ありー」とはつまり「ありがとうございます」と言う意味をこめていますのでしょうと存じますが、ただ今とはちょっと違っております。それから中年から五十までくらいは年寄り芸者としてあったそうですが、その年増《としま》の芸者はつぶし島田に水のたれるような櫛笄《くしこうがい》、わきに銀かんの細いもの一本、根がけなどもほんのあっさりとしたものか白元結《もとゆい》かといったようで、赤い色などは頭から爪先までちょっともつかいません。着物はこわたり唐桟《とうざん》の細ぶき二枚がさね。下着も同じものか時には八端《はったん》や唐ざらさの下着をかさねているものもありますとか。裏は花色のとおし裏、そして足には足袋は用いません。身分柄はくことはできないのでございます。きれいなその素足には少々ちいさ目の下駄、それも近ごろのように畳付き駒下駄草履などというのではなく、桐の柾目《まさめ》に白っぽい細いはなお、若い人達なら塗り下駄もあったようですが、一切あと歯とかいうものらしゅうございました。

とにかく芸者は芸者の分際を守って、今のようになんでも自由な好みをすることはゆるされませんでした。それは芸者に限らず、その身分身分によってこうしてはならないというきまりが自然にはっきりとして、誰一人それをそむく者はなかったとみえます。何とやらの女給が華族の令嬢風をよそおったり、町家の人たちが奥様然とすましたりなどということはまったくなかったようでございます。以上芸者の服装のことなどについて心づきますのは、十

二、三くらいの子どもにしてはあまりふさわしくないようでございますが、不十分ながら、自分の記憶やら、その後御維新《ごいっしん》になって自分達はおいとま願ってからきき知ったり見知ったりしましたふしなども、幾分はまぜこぜになっておりますかしれませんが、当時の風俗であったことには違いありません。

向島と上野

花にはいろんな見様がありましたね。と言って私自身御維新《ごいっしん》までは向島にも上野にも桜見にとてまいったことなどないのですから、その実況を目のあたり写し出すことはできませんが、向島は向島、上野は上野でそれぞれ特色があったように思われます。

すみた川花の下漕く舟人は　棹の雫もにほひこそすれ

これは父の歌でございますが、向島の花見といえば例の屋根船や屋形船で遊ぶことだったようでございます。もちろんどのお船にもした方（鼓、太鼓など）がはいって賑やかにさわいでゆくのですが、中には琴の音も静かに下ってゆく舟もありました。それから面をかぶったりいろんな扮装をして土手を踊り歩くという連中は酔いどれの浮かれ者で、おもに身分のない人達でした。またその仲間には芸人も多いので、その芸人のお花見を素人が見物するということもありました。

それはそれとして、向島の花には水があり、花が水をたすけ水が花をたすけしたのでございます。ほんとにあのころのすみだ川の水にうつる花見のよさ、美しさ、これがなくなったことは惜しくってなりません。

ところで上野の花ですが、この方には鐘の音がありました。余韻嫋々《じようじよう》ゴオーンとひびく鐘の音、ハラハラと散る満開の桜、そこに特色があったのではないでしょうか。鐘が桜を散らすのか花が鐘を鳴らすのか、そのこうごうしさと言うものはとても筆にも言葉にも尽しきれません。

今これを語りいだして、私にはいろんな忘れようとしても忘れられぬ思い出が浮かびます。あの恐ろしい砲《つつ》の音、お山はすっかり煙に包まれてというあの騒ぎの時、父の友達のある方が上野で戦死され、その夫人が散り敷く花と多くの死骸を乗り越えふみ越えてやっと夫の屍をさがしあて、その首級《しるし》を袂《たもと》に包んで官軍の目を逃れ逃れて持ち帰り、仏前にかざって回向《えこう》をなすったということなど、この花が思い出させてなりません。ほんとに「今誰それ様の」といわれたその今の今という声はまだ耳底にのこってきこえるようでございますもの。

もののふの矢たひたけひし音絶えて　名残に匂ふ山さくら花

勝さんのこれも散る花のありさまが眼に見えてたまらないおもいが身にせまります。向島と上野と、私の感じは前が無邪気な小娘の美しさなら、後の方は二十四、五の奥方が何か憂いに沈んだというような可れんな美しさではないかと存じます。

七夕

七月ときいて忘れられないのはやっぱり七夕《たなばた》でございます。今は子ども達の雑誌の口絵で見るくらいのものですけれど、あのころの七夕様と申しましたらずいぶん戸ごとに盛大だったようでございます。誰も誰もが人に知れぬ願い事が叶《かな》うという信仰を持っていたしましたのですから、考えると無邪気で可愛らしいくらい。欲張りはいずれ着物が欲しいとか帯が欲しいとか、あるいはまたどこそこへ縁づきたいなどという一筋の思いを書いた者もあったでしょう。書いてぶら下げて行き方もわからないようになったら願いは叶うと真正直《まつしょうじき》に思い込んでいました。そしていい事には、もしそれが叶わなくなっても向こうを恨まずに自分のねがいようが悪かったと諦めます。これで七夕さまもお仕合わせでした。

なんでも一と月ぐらい前からその心掛けで支度していました。一年がかりの願い事ででもあったのかもしれませんが、一生懸命書いて笹にぶらさげます。その笹竹というのが、男でさえ塀にのぼったり梯子《はしご》かけたりしますような見上げるばかりせいの高いもので、それにざあっとつけてとんでしまうということがよかったのでした。それが邸の内に一本たって、誰となくみんなのが結びついたところはきれいなこともきれいでした。

さげるものは、色紙とか短冊《たんざく》とかそれに絵のはいったものなどもあって、こよりをとおしてほんのちょっと結びました。またどういう意味でか紙で網のようなものを切ってつるしたり、縫物が上手になりますようにと女らしい願いをこめて、着物の形を切ってさげたのも見ました。そして文言はただの言葉もありましたし、風流に三十一文字《みそひともじ》にするのもありますので、この七夕がゆくりなくも歌のけいこにもなり、この機会にたちのよい歌が詠めるようになるものさえございました。何しろ心願かけて夜中ソッと結びにゆきますが、そのまたソッと同志がぶっつかるようなこともあって、とても賑やかなものだったようです。そしてその日一日でなく、数日かざってあったようにも記憶していますが、誰しも人の願い事は一切わからないのでした。

氷

何か涼しいお話をと思って、心にうかんだのは氷のことでございますが、私の子どもの時分は氷をいただくなどということは、ほんとに一夏にたった一度だったようにおぼえます。それも普通では手にはいらないのでございますから、氷もとても尊いもののように考えられました。なんでもその氷はお城から諸大名や旗本等へ下りたのでございまして、一般の人たちへ氷がゆきわたるようになりましたのは明治になってからではないでしょうか。

お氷の日は父は常より早く登城いたしまして頂戴いたしました。それをお待ちうけする邸では大さわぎ。いよいよいただける段になりましても、私などは重ねた両手もしびれるほどにお待ちしていただきました。うすらおぼえではございますが、一寸角ぐらいなのをかさねた手に浅黄のおふきんを布いておしいただきました。もうれしくてうれしくて、お廊下をかけて自分の部屋までまいりました時には大方半分くらいになってしまったことも忘れられません。ある時は雪のようなのを、そのころ西洋から来たという銀の大匙に一ぱいいただいたこともありましたが、それはすぐ消えるように解けてしまって、オイオイ泣き出したことも思い出します。

ついこのごろ古い書類の中から見いでまして、おもしろいと存じましたから取り出しておきましたが、それは氷室《ひむろ》の広告文でございます。未五月十二日とありますから、多分明治四年ごろのことと思われますが、全文を掲げます。

招　拈

氷室たてまつりしはいとやんごとなきあたりの昔物がたりにのみつたへたりしを、今は文明開化日々に進みて万に足り備はれる聖代にしあれば、閭巷の間にも氷ひさぐ事とはなりぬ。そも〳〵氷の功能はいかなるものぞ。

第一炎熱を消し渇を止め邪気を払ひ神思を涼爽にす。三伏の暑日は勿論、さなくとも暑き日はビール葡萄酒ラムネなどにまじへのみたらんはいかなる心地やすらん。

○魚鳥の肉など夏日《なつ》は腐敗やすき物なれど氷と共に涼箱《はこ》に入れおけば数日を保つべし

○傷寒その外熱病には必要の薬品なりもちひかたは良医《いしゃ》の命《さしづ》にしたがふべし

右は横浜氷室の中にて毎年箱館の奥なる亀田川の源より堅氷を切出し氷室に貯へおきて夏日にいたり売捌申候処、当年は東京にても売弘候はば自他たがひに益あるべしとて、此度左の処に開店いたし候間にぎにぎしく御来駕多少に拘らず御求下され度候
但し廿斤より入れ物有之候

日本橋魚川岸　佃　屋　栄　吉
同　伊　三　郎
元売捌所　横浜本町一丁目
蒸汽船宿　岸　田　銀　次

以　上

この岸田銀次という方は御承知の吟香さんで、ヘボン先生のお仕事をたすけたので有名、父とも製薬のことで何か関係があったのではないかと思われる手紙も残っております。

花火の両国

先だってふと「このごろの両国です」と本の中の写真を見せられて、ただアッというたばかり、私には何にもいわれなくなりました。

あの築地の邸で味わいつくした大河のながめやらけはいやらを、自分の心にだけは、せめてそのままに大事にしておきたかったのに、いくら何でも何というその変り方なのかあきれます。あの美しい雅致《がち》のある眺めなど根こそぎすっかり変って、そんな物は一切なくなってしまっています。

第一、屋根ぶねといっても、屋根ぶねからがちがってきていますし、あの辺いったい、外国に行けば日本人がこんな風だろうと思います。自分で自分の心持ちを振りかえって、何見てもさびしいというよりほかありませんが、きっと同じ感じを抱く方もおありでしょう。口にあらわし方も知りませんが、美しい苔の生えた趣きのある景色だったそのなかから、苔なんかみんなかきおとしてしまった感じ、美人の素顔を見ていたものが、ごてごて塗りたてた、ちりめんずくめのごってりした者をたくさん並べたてた感じ、子どもならそれを美しいと見るかしれませんが。

かりにお船宿のかみさん一人を抜き出してみてもわかります——古更紗《さらさ》の帯をギュッとしめて白粉けのないさっぱりした女、いつかも申しましたけれど、こわたり唐桟《とうざん》の赤けなしのしぶいつくりで、すっきりと洗いあげたような芸者たち、大橋の下を行き交う屋根船、そこ

からきこえてくる当時はやりの都々逸《どどいつ》、

吹けよ川風
あがれよすだれ
中の小唄の顔みたや

トテントテンという三下りの一をぶっつける三味せんの音と、静かに吹く川風、岸にうち寄せる浪の声、みんなよくつり合ってなんとも言えぬ味わい深いものでしたのに。

思い出の秋

萩

秋になって、幼時のそのころをと思って考えてみますと、ふと心にうかぶのは、父が萩が大へんに好きだったことでございます。私の七つのお祝着も水に萩のぼかし模様だったことをいまだに忘れません。なんでもお庭の池に面した山の裾《すそ》に萩は一ぱいありました。たしか、そのけしきを模様にうつしたとかきいています。

池のことをいえばその池はかなり大きなものだったようです。

「鶴が下りた鶴が下りた」

とみんなが大さわぎしたことがありましたが、父は、

「鶴じゃないよ、鴻のとりだよ」

と申しました。前々から飼っていたのではなく、その時自然に来たものですが、やはり餌をさがしているようでした。

「なんぞ食べものをやって、とりましょうとりましょう」

と皆が申しますのを、父はかたく止めました。

「成らぬ、自由に自然にあそばしておやり」

と言いますので、そっとして誰も手をつける者もありませんでした。植木やの話では、鴻《こう》のとりというものは生きた蚯蚓《みみず》が好きとみえて、蚯蚓の棲家《すみか》をよく知っているのですとか。いったい蚯蚓のおうちは、案外堅固なもので、どこが巣かどこが入口か人間にははっきりわからないくらい複雑になってるのだそうで、私も一度どこだろうかとあちら掘りこちら掘り

して探して、およそでやめましたが、鴻のとりはよく知っていたのですね。それから三、四年かして御維新《ごいっしん》になり、私達がここを立ちのくようになった時までも、それは飼うともなく飼われるともなく、二羽三羽五羽お池のぐるりや山の裾を大きな体でゆったりゆったりあるいていました。

お池には亀もたくさんの子をもって長くすんで、日ごろ親しんでましたので、いよいよの時私はほんとに別れにくうございました。

「お前達、みんな連れていっしょに行きたいのだけれどね、こんど行くとこにはお池も何もないからおいてゆくのよ。お前達はこのお池を離れないで、いつまでも仲よくおあそび」と私がいえば、口々にあばよあばよを皆もいいながら泣きました。年寄の千代などはしばらくそこをうごきもえないでいたあの光景など、まるで昨日のように目に見えて来ます。

さて先の萩にまたかえりますが、そのお山で私はいつも鬼ごっこをしていましたのに、秋になれば、萩がじゃまして、山にかけ上れないで困ったものでした。そうそうそのあたりは月を見るによい庭だと評判されていました。箕作（秋坪）さんがふとったおからだで、お尻のところで手をくんで、ゆっくりゆっくり歩いて月見しておられたこともおぼえています。春は山吹秋は萩のある上の方がまたよい所で、そこにざっとしたおこやすみの場所ができていました。私はよくそこでも遊びました。

また幾つくらいの時でしたか、大人のみなさまのたばこを召し上るのをいつともなく見てばかりおった私は、そっとたもとにたばこを入れて、そのお山の上で煙草をのむおまねをしました。第一とうさまのおくせはこんな、あの方はこんな、誰々はこんなになさるなんていいながら、いろんなのみ方をしましたので、ついている者たちはころげて笑いました。それがまた自分もおかしくて、とくいでしてみせたりいたしました。

それからまたいたずらにみんなして石をなげたことがありましたら、隣屋敷の小笠原さんからお使者がみえました。おじいさんの用人が来て、何かもじゃもじゃいってゆきましたようです。こちらは山の上なのですから先方にはすっかり見えたはずです。

母がなく、兄妹もなく、友達とてもない毎日毎日はあそび方にも困りぬいて、よほどおいたもしたとみえます。いい気になってこんなおはなししていましたらたちまちなつかしくなり、もう一度でもあそこへ行きたくなって困りますね。

月見

次に月見月見って月見のことをきかれて考えてみれば、それも大分賑やかなようでした。しかしそれは門脇の長屋の人達——植木や、たたみや、大工その他の職人たちがちゃんときまっていて、住み込みで邸を守ってくれていました。つまりまあ大きな一家族のようなものでしたがね――その人達がめいめいにおだんごや何かいただいて帰るので、台所元は大騒ぎだったらしゅうございます。奥は三つか四つの大きな三宝《さんぽう》におだんごくだものお野菜など山と積んで、いかにもまじめな顔をしてしずしずとはこんで来ますのを、みんながきものをあらためて、一応月見の式があり、あとは七草のきれいに飾ったところへひうち石で切り火をして、きよめてお供えして置きます。父などはそのあと歌を詠んだりしていたらしゅうございます。例のおいたさんがそっと行ってお三宝にさわったりなどしようものなら、皆がアレッといって大さわぎ、汚れるからといって大へんなのです。

上げる時そんな騒ぎだったそれも、下ってゆきますといつかしら積んだ山はひくくなって、程がたちますとすっかり片づいていますので驚きますが、つまりはおくもつを頂戴すると体が達者になるとか仕合わせがあるとか申す信仰からだったのでしょうと思います。

むかしの食物

私の子どもの時分の食べものはいつもきまっておりました。朝はおみおつけ、昼はごまめの煮たのとかまたはきりぼしと言った程度のものでして、毎日変ってはいますが、まあお正月のお煮もののようなものが平日ついていました。一ヵ月のうちでも一番数が多かったのはおからで、そのなかにみくら島からきた椎茸などもはいっていまして、それはみんな喜んでいただきました。お豆腐もよくつかいました。近ごろの豆腐やがかついで来るものがどんなものか知りませんが、何でももっと色々な種類があったようです。今もあるか知れませんが、花まきというのもよくつかいました。

大根なども今にくらべたらもっと使い道が多かったようですね。切りぼしがたくさん作ってあって、始終使いました。お香の物としてたくあんもどっさりありました。なんでも倉が幾とまえもあって、それぞれしるしがついていてこれは沢庵、これはお味噌、それはお味噌漬、あれは梅ぼし、切りぼしとかいうようにいちいち入れ所が違ったようでした。

そんな方を私も一ぺん見たくてたまらなかったのですが、例のおきまりがあって叱られますので、なかなか行けませんでしたところ、ある時ひょっとのぞくだけ覗《のぞ》いたことがありましたら、見たばかりでもそばへ寄りつけもできないぐらいの大きな石が大きな桶にのっかってあったことを思い出します。何々をと言っても、いそがしい時などお倉の前でとまどいなどしないかしらと思いますけれど、下の者はちゃんと馴れていますから、すっかりのみこんでいまして、それ梅ぼしといっても、まごつきもせずに、すぐさま出してくるといった風でした。梅ぼしなど一度に一升も二升も出すというのですから、今からは想像がつきません。

こんな風で、何でもがふんだんでゆたかだったようですが、そちらは勘次郎、平太郎という用人が見まわっていることですし、食べものの方は老女の千代が何事も心得て一切をいたしておりました。どういうものが肉になるなんていう考えはなく、ただ古くからの家のしきたりとか年中行事などよく守ったものです。

食物は、前申しましたとおり、旗本屋敷だなどいっても、まことに簡単でお粗末でした。まあおからだのお豆腐の八杯酢だので、お肴《さかな》といったらひものか鮭をよく使ったようです。ごまみそ、てっかみそなどもありました。平生は精々二種ぐらいのもので、江戸に生まれても浅草のりの香などそのころはあまり覚えがありません。私は一人娘も同様でしたのにそんな風でした。さてまた、一ヵ月に何の日は何、庚申《こうしん》さまの日にはこうというようなことはやかましくって、まるで人間につくるのではなくて、神様に上げるものが先でそのあとをいただくわけになります。

主人だけはまったく特別で、他の者とは雲泥《うんでい》の差でした。お膳《ぜん》もきっと添え膳がついていましたし、子どもながらに大変な違いだと思ったこともありました。そして父は父、私どもは私どもで、平生は一度も食事に同席を許されたことなどありませんでした。母が在世の時でも、父と母がいっしょになどということはなかったとききます。奥様でも女は女という差別からだったのでしょうか。けれども御登城のない日など、叔父叔母私などそろって御いっしょにお茶はいただきました。それからまた今日は誰それが死んだ日、誰々が生まれた日とかいう時だけは私どもにも本膳がつきましたが、なにしろ何をいただいてもおいしく、それで結構誰もが丈夫だったようです。その代りきまりは厳格で、御はんも私など三ぜんときめられた以上、どんなにおいしいからとてたくさんはいただけませんし、何かで二ぜんにするというわけには行きませんでした。病気でないかぎりは、きまっただけをきちんとまもりました。

お給仕のしかたがまた問題で、誰が給仕に出るということまできまっていて、女中にそれぞれ順番がありました。私が日ごろ、女中たちが髪がよくできたとかなんとか言ってよろこんでいますのをうしろからいってちょっと引張っておいたをしたりするものですから、むこうもお給仕のときよけいにつけたりつけなかったりして、とんだ意趣がえしをいたしました。そんなにいそがしくもなかったからでしょうが、そんなくだらないけんかをいたしました。

それにしても生まれてまもなく母を失《な》くしてその顔も知らず、八つといえばもうそろそろいろんなことも教えられなければならないそのころに、慈母代りの叔母さまにまで突然に逝《ゆ》かれたあとの私の生活は、でたらめといってもいいほど、朝から晩までこんな具合、機嫌をとる者は一ぱいでも、親切に叱ってもらうことはなかったと思えば、生涯にとってなんという不幸だったかしれません。

　女中のことを考えてみますと、あのころ女中の名前の下にはよく「じ」がついていました。かめじ、つるじといったように、この二人はたいてい殿さま付きとなっていましたが、私のは呼びよいようにと、大かめ、小かめと言いました。もうひとりびとりの名は覚えてもいませんが、それぞれ係りがあって、燭台を磨いたり、行灯《あんどん》をつけたり、あかりの係りだけも上下で数人、洗たくのもの、お客様のお茶係り、その他女中たちの数からしても、人間が多かったように思います。

　こうしたことは、世間を知らないしかも子どもの私が観《み》たり感じたりした心おぼえにすぎないのですから、一般の旗本屋敷の家庭の有様がこのとおりであったとは申しあげられません。それにいただきものは少なくって、いわば位まけがしていた桂川のことですから。

もたれ袋

父の残した古い書きものの中でも、ふとなつかしくなって、何べんでもひらいてみたいような気がいたしますのはもたれ袋でございます。またの名を「別後之情」とも申しますが、あのころのお菓子だの、おすしだの、ところどころの名物など、食べてしまったあとからもその風味が忘られないで、箱のはりがみや包みがみ、口上がきや広告文等ていねいにのこして、もたれ袋第一集としておもしろくはりまぜたものでございます。「文久元年辛酉春、起」としてありますが、見てゆくうちに私にもよく覚えのあるものもございますので、ほかのいろいろな物とはまたちがったなつかしさや味わいが感じられます。その中から拾ってみますと、一番目につくのは「越の雪」でこんな口上がきもございます。

乍恐口上
越の雪船方家伝にて製品近来紛敷品見及候に付当年より箱裏に目印仕候間御断申上候不相変御用向追々被仰付被下置度奉希上候　以上
卯正月改
越後長岡
森　橋　屋

また、加賀落がん（浅草馬道竹川御菓子調進所　万年大和椽）や、甲斐の名産月の雫《しずく》、京

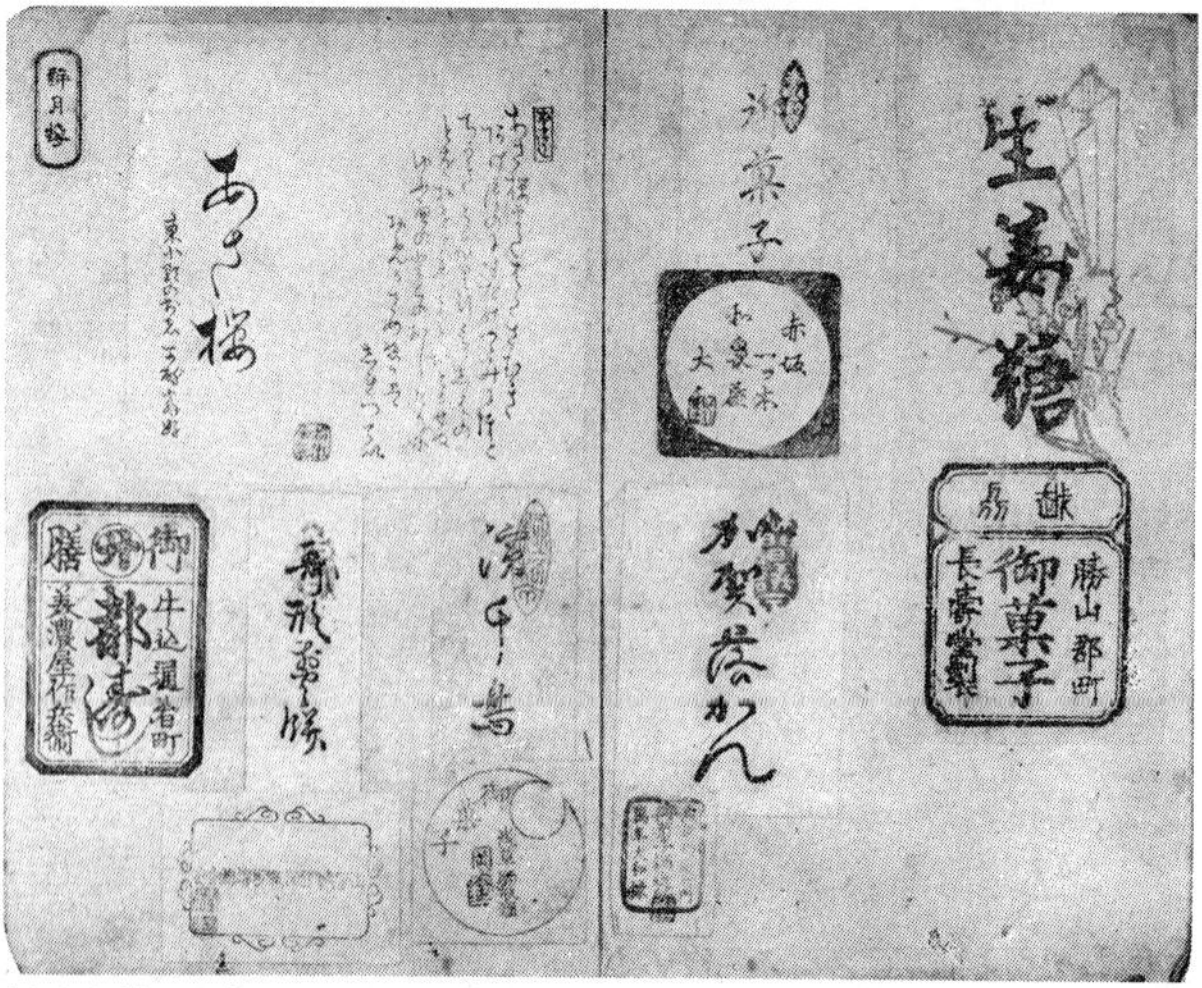

「もたれ袋」の中の二ページ

の八ッ橋なども見えますし、本郷四丁目藤村製の甘名納豆とか日本橋西河岸栄太楼の蒸菓子は、今でも耳にする店でございます。それかと思うと昔徳川家の御出入りでならしたという金沢丹後の雪の梅、船橋屋織江の宵の月、こんな古風なはりがみもあり、は唄せんべい、有平《あるへい》巻き、都鳥に浜千どり（浅草駒形の岡本製）、雲間の月とか宇治の春などいうのも江戸時代らしゅうございます。

寿しやの名ばかりあげても、美吉野寿し（木挽町）、蛇の目すし（築地小田原町）、みさと寿し（明神下御台所町）、玉寿し（京橋与作屋敷）、都寿し（牛込通肴町）、長門鮨（赤坂）、いわしや五兵衛、美濃屋作兵衛、中村屋伝蔵など、字ばかり見ても昔なつかしくおもわれます。隅田川梅の花漬、桜の花漬、御膳《ごぜん》しそまき、柚の花、翁飴《おきなあめ》に薄氷、塩味饅頭《まんじゅう》、荒粉饅頭、雪三盆《さんぼん》や延喜撰《えんぎせん》などさまざまの名が、どれもどれも日本紙にやわらかな文字もおもしろく、そのまた意匠といい色どりと言い、いかにもあっさりと風雅な感じでございます。

さあっと開《あ》けて、いつもひきつけられるのは、新のりの香りもするかと思われるような海苔とり船の絵に、こんな口上が書き添えてあります。

是ぞ阿つまの産物と名に知られたる潮海苔、薄厚漉の別製は冬のはじめの江戸じまん

とあるのもおもしろいと思います。しまいの方になりますと稲瀬屋のあさ桜というのがありますが、東小唄の判者、可酔翁好と銘うって、

本てふし
あさ桜まだはださむきあけぼのに
すたのつつみにほとちかき
ともかりゆきてしばのとを
おせどたたけどおともせぬ

ゆふべのとこのおしけりに
おめかさめぬかヱ、じれつてい

大変なたべ物もあるものよと思っていましたところ、柳河さんから父へあてたおてがみの中に、こんな添えがきがございましたので、これははみがきの口上だったことが初めてわかりました。

稲瀬や売弘あさざくらと申し、は唄へ其思ひをよせたるはみがき貰合せ候間、一袋呈上候

更紗とワーフル

木村のうちは叔父の摂津守が外国へ行ってまいりましてから、すっかり西洋にかぶれてしまって、無地の壁や唐紙がおみやの花模様の更紗《さらさ》ではりかえられました。その更紗が奥様や

お姫様のお召しの方へまで及ぼして来まして、今までやわらかなしなやかな物につつまれていましたのが、いくらきれいでも木綿は木綿ごわごわしたさらさをいい気になって身につけて、ハイカラになったつもりでいましたことは、今から思いますと吹き出したくなります。

それから西洋料理も始まって、お金を惜しまず親類知人をあつめて教えたり吹聴いたしたりしました。桂川でも木村から習いまして、西洋菓子だといってワーフルというのをよく作りましたが、つまりカステラのようなものですね。器械は鉄の板に花の形や鳥の形がついていました。長い柄もついていて、それが焼けて蓋《ふた》をあけますと花や鳥の形をしたお菓子がポンととび出します。とのさまや奥さまがことごとしくたすきをかけてあれこれと始まるのですが、十ぺんに一度ぐらいきり焼けなかったようでした。まあのんきなものでして、時間など誰もかまやしません。今から考えますと大したカステラさわぎをしたもので、大人が子どものように半分あそんでいました。西洋が西洋がと言ってあざけられても、こんなにしてカステラなどやいてあたらしがってすましていたものでした。父が「ワーフルの方」と書き残してある筆のあとを見ましても、やっぱり何と言ってもゆたかなものだったと思います。

鶏卵百目、数十二三程、砂糖百目
麺粉五十目或は七八十目

先づ砂糖をよくすり、次に鶏卵をわり入れ猶又よく摺り、後麵粉少しづつ入る。形にて焼。

首級の供養

前にも申しましたが、上野の戦争で鉄砲の音がどんどんする中を、夫の所在をさがし出してその首級《しるし》を小袖に包んで持ちかえったと言う奥さんのことは、どうも折々眼にうかんでなりません。涙一滴こぼさず供養《くよう》なされたけなげさ。私の外に仏前でその首級をかざったりした人がいましたが、どうして私がそこにい合わすようになりましたか自分にもわかりません。いくさの場所には私は行きませず家にいました。奥さんがお淋しかろうというわけだったのでしょうかねえ。その時は、家にはいって行くのでも、自分の家に行くのでも同じようでしたが、私はその奥さんにくっついていて、お線香を上げたことだけはよく覚えています。

「お坊さんは呼ばないの」とききましたら呼びませんとおっしゃいました。

お家は大きな門がまえの中のまた中の家、それでもお長屋とはちがっていました。そのやしきの家老か何かのようなものでしょうか。旗本ではたしかにありません。何だか戸をしめてしまって首級をおいて、どこかに出かけられる様子、そうそう、今から考えますと、私がその奥さんからうちへ送りこまれたようでした。これより前、宇都宮さんのお普請《ふしん》のできるころ、その奥さんはちょいちょいうちへ見えて大変懇意でした。その方のおうちは宇都宮さんの西洋館と隣り合っていたようですが、間に往来があって、ゆききしたりしました。多分宇都宮さんの方がよく御存じの人だったかも知れません。織田宮内大輔の親戚の方だったようにも思いますが、何だかぼうっとしています。とにかくその奥様は二十二、三で、凛《りん》としたきれいな人であったのは忘れません。

身は姫じゃ

身は姫じゃ

京都のある橋のたもとに、砂に字を書いて遊んでいた乞食にも近いような身なりをした少女に、通りかかりの人が道を尋ねました。「おい、ねえさん、どこそこに行くのだが……」といくらきいても、ウンともスンとも答えません。「お前つんぼか、お前のおとっさんは……」と色々つめてききましたら、ふりむいてただ一言「身は姫じゃ」ときりっとして言ったきり、また砂をかいて遊んでいたそうでございます。お姫さまというものは、じきじきには口をきくものでない、大層な気位のものだと言うおはなしを子どもの時にきいたことがありました。昔はなりなり風俗で男も女もちょっと見れば身分もたいていわかるようになっていましたが、あんまりなりがひどかったので、ぞんざいにものなどきかれたものでございましょう。そんなに苦しんだのは旗本の娘たちではなくって、京都の公卿《くげ》さまのおひめさまだと思いますと今では済まない気がいたします。

たばこの火

向島におやしきの女中連中が花見に行った時、役者の噂かなんかをしきりにしていますと、ちょうどその前を噂の主が歩いていました。その役者はさぞ喜ぶだろうとうぬぼれて、女中たちのそばによって、たばこの火をかりましたところが、女中はいきなり草履をぬいでその裏にぽーんと火をたたきつけて、無言でさし出したということは何かの茶話できききました。

武士の娘

むかしの婦人はふだんごくやさしくって、事があるとまるで人が違ったようになりました。誰それの娘、だれそれの家に嫁して妻となる、こういうことを重んじているからでございましょう。そして武士と言う考えが強くって、小言を言う時にもすぐおまえは誰それの家の娘ではないかと言います。めったにしおきということはしません。お母さんの一言がきけることは非常なもので、いけませんというとブルブルとする、このあじわいは何ともいえません。子どもが大人の品物を勝手にいじるとか、外に移すとか言うことはやかましいのでございます。ただいまは生活にいそがしくって子どもを躾《しつ》けるひまがないといったようなことを耳にいたしますが、昔でもひまはつくるからあったのではないかと思います。つまり母親のにらみがきいたのでございますね。今はそれがないからすぐたって行ってぶったりいたします。昔の「武士の家に生まれた」と言う考えは今ではちょうど皇国《みくに》と言うことになると思いますが、この三字はどういう風にも使い道があっていいと私はいつも思います。

みさお

操が何だかわからないような婦人は、士族には聞いたことがございません。町人百姓でも、身分身分に応じてそれぞれの見識に育てられて、外国人のめかけになることは死ぬより辛いと言うくらいにいやがったものでした。家に対するのですか親に対するのですか、その辺ははっきりしませんが、物をもらっている乞食をいやしむようにらしゃめんを軽蔑しました。そして夫に対してばかりでなく、主人へも操が正しかったのが昔の女性の特色でございましょう。前にも申しましたが、御殿のおばが、江戸城大火で紅葉山へお立退《の》きの際、一位様から老女の花町を見て参れと仰せつかって、火事場に引っかえして来ましたが、花町様の御姿がどうしても見えません。花町様はこれこれでございますと一位様に御返事することは恐れ多いことだと言って、自分も自殺してしまいました。天災だから仕方がない、もとより「花町を見て参れ」と言う仰せで「花町を救い出せ」とのお言いつけではないのだから、かまわないと言うような理窟にとらないで、自分の御返事で一位様がおかなしみになることをいちずに恐れ多いことにしているのが、そのころの女の心もちでした。女中も二人ともおばの伴をして火中に飛び込んだと言うことなぞも、馬鹿馬鹿しいようですが、誰でも死と言うものは恐れるもの、今の世にはない話だと思います。

ほんとうの美人

近ごろいったいに美人はいないように思います。鼻が高くって口元がしまって第一色白で、こういったのを今は美人と言うかも知れませんが、今日見てよくっても、明日いやになったら、どんなにきれいでも駄目で根なし草とおんなじでございましょう。色が黒かろうが鼻がひくかろうがまた口が大きかろうが、ほんとうの美人には思わず引きよせられます。つまり気合いから出たおつくり、気合いと気合いがしっくり合って、どちらからも好いてしまった。そこにいたってなんの境もなくなります。昨日あってよく今日見てあきない、どことなく慕わしくなつかしく、そばによりたい、言葉をかけられてもうれしくってたまらない、愛くるしくって、おとなしくてしかも見識の高いもの、頭の下るようなもの、そんな婦人を昔は美人といったように思います。

ちーばかま

われわれから考えますと、公方《くぼう》さまは何の御用もないゆえ、おつかれあそばすことなどないと思われますが、うんそれもよしこれもよしと言っていらっしゃるので、おうなずきになるだけでもずいぶんおくたびれになるそうでございます。

ある晩のこと、お能があったあとと見えまして、ひろいひろいお座敷、十二双ぐらいの金屏風でとりかこみ、公方さまは脇息《きょうそく》にもたれて、さも御こころよげにうとうといねむりを遊ばしていらっしゃいました。夜はしんしんとして更けわたり、いわゆる草木もねむる丑三《うしみ》つごろ、どこからかチャカポコチャカポコと鼓の音がして参ります。はて何だと御覧になりますと、幾十畳もあるたたみのへりから、あちらからもこちらからも総丈《そうたけ》一寸ばかりの人形がぴょこりぴょこり一人いで二人いで数かぎりなく出て参ります。はてなとよくよく見ると、烏帽子《えぼ》し装束狩衣姿《しょうぞくかりぎぬすがた》につづみをもつものもあり、笛をにぎるものもあり、一人一人に可愛い金づくりの舞扇を手にして、

チーチーバカマ（小、小、小袴）
チーカリギヌニチーヱボシ（小狩衣に小烏帽子）
ヨーモフーケテソーローニ（夜も更けて候に）
カッポンカッポンカッポンポン

と大鼓小鼓でおどっています。右に行き左に行き、舞い進みながらすり足でそろりそろりとお衿《えり》のそばまでもよってくる、拍子《ひょうし》にあわせて進みゆくけしきのいとものどかにおく床しい舞いすがた、まばゆいような金扇のひらめきに公方様はしばし見とれておられましたが、おや今日のお能は終ったはずだがなとお気がつくとたん、とのいの者のやってくるぼんぼりの灯に今までの姿も音もぱあっと消え、春の夢は醒《さ》めてあとにのこるのは賑やかなあとの一沫《まつ》のさびしさでございました。

いいいおんみつとか何とか瓦解《がかい》前のさわがしい世のすがたのうちに、一面にはこういう徳川泰平の長《なが》の夢がつづいていたのでございます。お勤めも表のことと内輪のこととあって、内輪の時などは、ねむけざましに公方様からこんなチーバカマのようなおもしろいお話を伺うこともあったそうでございます。

あのころの芝居見物

きれいな絵巻物でも繰りひろげるような気持で、あのころのお芝居のことが思い出されます。お芝居といえばずいぶんたのしみなもので、その前夜などほとんど眠られませんでした。一度は床にはいってみますけれど、いつの間にかそうっと起き出して化粧部屋にゆきます。百目蠟燭の灯もゆらゆらと、七へんも十ぺんもふいてはまたつけ、ふいてはまたつけ大へんです。やがて七つどきにもなりましょうか。みんなを起こしてそれからが公然のお支度になります。それ着物それ帯といったように、皆の者はあちらにゆきこちらにゆき、立ったりすわったりにぎやかなこと、にぎやかなこと。そのうち供まわりの方の支度もできまして、いよいよ屋根ぶねで浅草へ参ります。大勢の時は屋形ぶねでございます。船つき場へはちゃんときまった茶屋からの出迎えがありますが、手に手に屋号の紋入りの提灯を持って、「ごきげんよう、いらっしゃいませ」といかにも鄭寧《ていねい》に、手を添えて船から上げてくれます。

芝や町は猿若町といって、なんでも一丁目二丁目三丁目と小屋もそれぞれにあり、三芝居《さんしばい》といったものです。いっしょにあくこともありますが、たいてい狂言は別々で、こちらで忠臣蔵だとあちらはお染久松といった具合でした。通りの両側にのれんをかけたお茶屋がずっと並んでおりますが、ぶらさがった提灯の灯のきれいさ。築地から船にのり船を上り、この町を行くあたりのたのしさと申しましたらもう足も地につかないほどでした。茶屋にはまた粋な男や女が、夏なら着物も素肌《すはだ》にきて、サアッと洗い上げたといったような感じのする人達がいい並んでいんぎんに一同を迎えて奥座敷か二階かに案内いたします。ここでしばらく休みますが、もうすっかり芝や気分に浸っていますと、カチーンカチーンときの音、そら木がはいった、皆の胸はとどろきます。一瞬は思わずいずまいを正しますが、急にまたガヤガヤ屋鳴り震動がはじまって、「時がまいりましたから」と迎えが来てつれてゆかれます。実にその辺の気配がいいのです。客は幾組か知れませんのに一向混雑もなく、きれいに静かにゆくところのたくみさ。茶屋の焼印のあるはきものも、身をかがめてはかせるほどにして気をつけてくれるそのあつかい振り、何から何までほんとに気持ようございます。芝居も芝居ですがそれも忘られぬ一つです。

やがてきまった場所に落ちついてながめる周《まわ》りの観客の、これまた美しいこと美しいこと。誰も誰も競いに競って意匠をこらし粋をつくしておりますので、時には舞台さえけおされ勝ちのこともあります。夏など真白な小さな手に手に黒蒔絵のお扇子、赤やぼかしや金や銀やの扇面がひらひらするきれいさ。そのうちとどろんとどろんと太鼓につづいて鳴物もはいりますし、オヤと思って上見たりハアッと思うて横みたり、何が何やら気を呑まれてしまうばかりです。

ここで今と違っていると思いますのは、舞台の背景ばかりでなく、見物席までが深山なら深山、谷底は谷底のようにできて、お客席がその中にあるのです。ある時は見物席まで二つに分れて、そのまん中から赤い橋がせりあがってきたり、自分たちの頭の上でまるで軽業のような斬り合いがはじまるようなことがあったりして、その場面場面で自分たちもいっしょにまったく山にいたり野にいたりという風にそれにはいり込んでしまいます。そんなところはなんですか幼稚だったのでしょうが、大仕掛だったような気もします。それから幕合いごとに客は茶屋へ引きあげますが、そのときいろいろに身なりをきかえます。これがまたそのころの婦人にとってはとてもたのしみだったようです。通常な身なりから粋な芸者風になったり、御殿女中のようになったり、人のきづかないうちにすっかり別人のように早変りしてすましたものです。このごろと違ってずいぶんゆったりしたことだと思います。またさじきの中におすもじやお菓子や水菓子など運ばれてみんなで賑やかにいただきましたが、上気して喉《のど》がかわいた時の水菓子のおいしさは今もおぼえています。

時代に前後があるか知れませんが、私がよく見ましたのはあの足の悪かった田之助でした。

この役者の人気と申したらとても大したもので、どうしてあんなに人気があったのかときかれますが、実に名優だったのでしょうね。美しいことも、私が見た中であれほどの美しさは前後になかったと思います。ただの美しさではなく、なんとなくこうごうしい美しさでした。それに足のわるいことも贔屓《ひいき》の人たちの同情をひいて、一層の人気を増したかもしれません。とにかく芝居小屋は田之助の紋のついたものばかり、幕があいても「紀の国や紀の国や」の声はわれるようでしばらくは鳴りもしずまらぬほどでした。あの最初の宣教師であり医者でもあったヘボン博士が外科手術で田之助の足を切断したことは、当時田之助をも博士をも有名にした話だったでしょう。歩けなくなってからの田之助は大きな笊《ざる》の浅いようなものにのって舞台へ出ました。

それから芝翫の踊りもいまだに目についています。実によく踊って踊っておどりぬいて、三味線のすくいばちにまであうというこまかさ。あとからお師匠さまあの手はどうですかときかれても本人は知らず、踊るたびに新しい振りができるという、あれがほんとの名人というのではないでしょうか。

団十郎のもたびたびみましたが、この人には忠臣蔵の大星ほどはまり役はなかったと思います。素人批評でおかしな愚かしいことを申すようですが、私にはどうしても役者としての団十郎はなくなってしまって、大星としての団十郎きり考えられぬくらいなのです。何かほかの役になったとき、「おやおや今日は大星が大変いきなことをしていること」とひょっと思ってしまいます。

菊五郎は当時梅幸ともいっていいなせな役者でした。粋で粋で固めたようで、半纏着《はんてんぎ》などさせたらそれこそ江戸一日本一といえましょう。その菊五郎が明治になると洋服を一番がけに着てみようと思ったらしく、そこにも音羽やの気性が出ていると思います。梅幸と印までついた手紙が、先達て桂川の古い書きものの中から出てまいりましたが、あの社会にもそのころの時勢のかわり方が及んだことが偲ばれます。

寒中とは申しながら殊の外御寒さ強く御座候へ共、お揃ひ遊ばされ益々御きげんよく入らせられ恐悦至極奉存候。扨者、此程お約束申上げ候くつは、ととのへ申し候間、御召し古しにこげ茶本マンテルござ候はば頂戴仰付けられたく候。急に入用の事に気付き、払物を取り寄せ申候処右の品持参仕り候。此様なる品にてよろしきものに御座候や御伺ひ上げ候。御目利きお願上候。まづは寒中お伺ひかたがた右申上度候。あらあらか祝

十二月十三日

尚役者に洋服着用仕り候もの未だござなく候間さきがけを仕候つもりにてござ候御一笑下されたく候お召しふるしに長ぐつ御座候はば是又おねだり申上候御きき済み下さ

れたく候

私の見た「由良之助」

いつも暮になりますと、忠臣蔵の出しものがどこのお芝やでも大入満員の人気を呼ぶことにきまってるのは、年々繰り返されることとですが、それにつけても私の心の中に、とてもお芝居とは思われないほど生き生きとしてのこってるその記憶は、四段目の扇ヶ谷上屋敷切腹の場、団十郎の大星と菊五郎の判官との実にいき相投じた所作でございます。

幕があくと、観客の目はいっせいに矢を射るようにきらめいた。舞台はしきび（シキミ）が四隅にたって、白いしきものが敷かれたところに、まだ年恰好《かっこう》は三十にも足らぬ若さの白無垢姿の殿様が坐っている。一見割腹の場面と見える。今しも九寸五分をさか手にあわやと見る間に、「成田や」という大向こうのかけ声にふりかえって見れば、揚幕から花道を及び腰でタッタッタアッと由良之助がかけつけた。七三のあたりで正面を見る一刹那、つまずいて腰でもぬけたもののように、すわるともなくころぶともなくベタベタベタベタァとくずおれる

――「くずおれる」ということばがあるけれど、ほんとにあの時くらい真からそう感じさせることばはほかにないと思った。見る見るうちに顔色は真青から白くなって、頰《ほお》の肉がブルブルッと慄《ふる》えるのがよく見てとれた。

「ゆるす、近う、近う」との検使のこえに、由良之助はにじりよって判官のそばにまで行く、

「おそかりし由良之助、無念」

の御一言に、

「御心中御推察申し上げ奉る。この期《ご》に及んで、何も仰せられるな。委細のことは由良之助のこの胸に」

といって胸を叩く。

「ただ尋常の御最期こそ願わしゅう存じ奉る」

と、しゃがれた苦しげな声が見物の耳にひびく。水を打ったとよくいいますが、この場くらいしいーんとした静けさを感じさせるものはよもありますまい。

主従は悲憤の涙とどめあえず、見物もまた同情の涙が我知らずはふり落ちる。このあたりは鳴り物もなんにもいりません。ただ両優のいき合いです。腹芸です。言わなくても言ったようにきこえ、見なくても見たように思える、落さない涙がおちているように感ずる、いわ

ば無言の行ともいえましょうか。両優の芸は習ったのではなく、そういう役割をするように生まれついて来たとしか思われません。芝居をしているのではなく、ほんとに由良之助になったり、判官になったりするのですから、痩《や》せるほど骨が折れるそうです。役者が舞台をぬけて来てただの人になり、ただの人がぬけて大石になり、判官になりするのではないのでしょうか。実際苦心しているそうですからね。

一方見物の立場になっても、こんな芝居を見ていますと、思わずこぶしに力がはいり、からだもしゃっちょこばるように固くなって肩がこります。そのころの人はみんな正直ですから、こんなところを一生懸命見て肩をこらして帰ったものでした。見るものも、するものもいき相投ずるこの一幕こそ千両です。もう一ぺん見たいものだと時々思います。

それからまた、忠臣蔵は幕々のとり合わせがまことによくできているとおもうことには、この幕のすぐあとにはおかる勘平道行のあのはでな場面があらわれることです。チャチャン、チャン、チャンチャンとにぎやかなはやし方に幕が上ると、舞台はパアッと一面の花盛り。――「落人の見るかや野辺の草も木も、薄《すすき》をばなはなけれども」と清元の澄んだ流れるような美音にうっとりとして夢心地でいますと、小蝶のあそび戯れるように、芝翫のおかると梅幸の勘平とが花道を踊りながらあらわれて来ます。その美しさ、あかるさはえも言われませんが、この芝翫の踊りのうまさはまた格別で、いつかも申しましたが、一手一手がすくいば

九代目団十郎の大星

ちにまで合うので有名でした。

いったいこの役者は殿様のような人で、お金の欲しい人の役にはから駄目でした。その無欲振りは当時大評判で、なんでも弟子や道具方の衆をあつめて、こんな遊びをしたそうです。墨汁《ぼくじゅう》のはいったかめの中に小判をしずめて、それを口でくわえて出させるのだそうですが、お金欲しさで、顔中まっ黒になるのもかまわずに、われがちにその中へ顔を突っ込むその有様を芝翫はおもしろがって見ていましたとか。金の価を知らない大尽《だいじん》の息子のような役者でした。今の歌右衛門はその子どもですが、福助といった若い時代から、当時の名優の中に立ちまじってよく舞台をふみました。品のある美しさはさすが大物の子といわれていました。美しいといえば、粂三郎などは揚巻などをさせると、水のたれるようなおやま振りに魅力がありました。この人の美しさは人形かなんぞでこしらえたようなきれいさでした。

五人男の彦三郎なども実に押し出しがよくてりっぱでしたが、忠臣蔵の大星にこの人を持ってきたのでは一向役に立ちません。そこへゆくとやっぱり団十郎《くだいめ》はまるでそれに生まれて来たようなもので、そのひたいの大きいもっともらしいその顔からしてが、そのまま役につり合ったものだと思います。

いろいろ申しましたけれども、もうすべてのこと忘れがちで、その点については自分で自分を信じてはおりません。まちがったところは老人のそらおぼえ寝言まじりとお聞きながしを願います。

芝居小話

にらめっこ

名優となると型をくずさずに思入《おもいいれ》をいつまでもすることがございます。団十郎と菊五郎との二人舞台の時はただだまっていて息のかよいで一時間も見物を扱ったものでした。こちらも息がつけません。額からもどこからもあぶら汗がにじみ出るような凝《こ》った芝居がはやりました。切ったりはったりするのよりもカチンという拍子木《ひょうしぎ》でホッと息をついて、それからあそこがよかったここがどうだとペチャペチャしゃべり出します。団菊がたがいににらめっこ

して一番すんでしまった芝居を見に行って、

「あんなことならだれでもできます。高い芝居じゃございませんか」

と女中のこよがこぼしていたことも思い出しますが、私はそういう芝居がないので近ごろは淋しい気がします。カチンというあの木の音を思い出しますと、今でもその場面がパアッと見えるような心地でございます。

百日かつら

黒ビロードか本天《ほんてん》に金糸のぬいとりの衣裳をきた百日かつらの英雄二人、敵と味方とに別れて綱を引っぱって戦い合うさま、見物の頭の上でチャンチャンとやっているなど、またワイワイ言う見物のほめ言葉おそれ言葉、大変なさわぎで思えば夢のよう錦絵のようです。

宙乗り

団十郎は宙をあるきましたそうで、まあ一間くらいでしょうが、自分でも不思議がったりこわかったりして公《おおやけ》にはやらなかったらしく、ただそういう評判だけでございました。天から降ったか地から湧いたか、乙姫様が宙乗りをするといった前ぶれが大した人気を呼んだものでございます。

河原者の見識

そのころ、田之助は車で通るとか、人がつれてあるくとか、ほんとうに足がなかったとか言って大評判なものでした。見物の一人が、幕のすきまからでも見たいと茶屋の若い衆にたのみこみますと、

「ヘン御人格にも似合わない、今日は芝居をしているんじゃござんせん。病院に行って切る日なんだ。見物にことをかいて。こっちとらは親方のいたみを心配してるんだ」

と、河原者と軽蔑しているものからかえってたしなまれて、ほうほうの体《てい》で逃げかえったという話もききました。

芸者のはなし

芸者のいきぬき

「一ぺん、えびの天ぷらを揚げて、揚げたてをすぐにたべたい」と芸者たちがおたがいにお金を出し合ったりして、桂川のお台所を拝借したいと申して来たことがありました。

つね日ごろ芸者はしばられたようなもので、自由といってはほんとに少しもありませんが、その日ばかりは一日ひまをもらって来ていましたので、桂川の邸で三味線を弾いたり、踊ったり、ピンピンはねる海老を揚げ物にして遊んだり、自由にしゃべって自由にたべました。いいかにを焼いて自分でみを出して、あったかいところを骨までしゃぶったりして、手をよごし口をよごしてきゃっきゃっと笑い興じていました。

その日はお客様の方で遊ばしてやる、芸者をお客にして今日こそのびやかに遊ばしてやります。また名前も桂川様とか殿さまとか言わないで、カネールカネールと父のことを言いました。水品さんはたきさん（あちらでは旦那さんという意味でしょうか）、あごが長い成島さんはおばけと言われなさいました。そのお皿をこっちに取って下さい、そのお肴《さかな》をくしにさして下さい、という調子で、芸者からつかわれてゲラゲラ笑いながらごきげんで、いっしょになって揚げものなどしていらっしゃいました。神田さん、宇都宮さん、柳河さん方もぶきっちょな手つきでお給仕やく、気が利かなくって罰金をとられたり、いつもの意趣返しとかなんとかワアッワアッと大笑いでした。福沢さんもいらっしゃったかしれません。なんでもくじでお客の側《かわ》になったり、桂川の組になったりでした。また船場のかみさん達もお客にまざっていたようでした。うちは広いしほんとにいい遊び場所、苦労の投げだしどころだったとみえます。

こんな風に、芸者たちが息抜きに桂川に行って遊んで来ようと、両国橋の下をくぐってうちの前の船つき場に船をつけ、左褄《づま》ですっと上手に屋根船からくぐって上ってくるところは絵のようにきれいなものでしたが、そんなところへ、わざと出会《でつくわ》したのでもないでしょうが、きたないこえどろぶねが行きちがいざまに遠慮えしゃくもなくやってくるおもしろい取り合わせ、おもしろい世の中でした。

花くらべ

柳河さんのおつくりになった「柳橋二十四番花信」というすりものの中に、芸者を花にたとえてございます。

こうはさくら、たけは藤、梅吉はしやくやく、政吉はあやめ、三代吉はきりしま、小糸はつゝじ

こんな名前は記憶にもございますけれど、何といっても私は子どものことで自分とは一向関係がなく、ただ船がついて上ってくるあの姿やけはいがきれいなのを度々見ておったくらいのもので、それにたいていは癖をいったり綽名《あだな》で呼んだりしますから、こまかいことは憶えておりません。

「あま夜のしな定」と言う父の雑記には、「柳橋の妓は植物に比し金春の妓は動物に比す」と前置きして、

政吉　一名鯨、一名阿婆姫、一名活潑、一名板

小徳　一名正覚坊、一名三脚子
小歌　一名小豚
米輔　一名泥鰌、一名お萩の綻び、一名黒ン坊、一名アンポツ

とあります。このうち政吉はもう年増の方で、何でも三十ぐらいの人らしく、しっかりしていました。うけ出して妾にしようなどと言われたって行きません。まあみさおがただしいというのでしょうか。人のもてあそびにはなりません。それだけに芸があって、みんなからねえさんねえさんといわれておりました。うちにはよく来ていて、芸者でないように使い女と同じようにしていました。政吉の母親も手伝いに来たりしました。この政吉というのは芸者でも柳河さんとお友達になるくらいの才がございました。学んだと言うよりも生れつきでございましょう。もっとも子どもなどは眼中におかんという調子で、私には挨拶もしませんでした。徳のある者とは思いませんね。りっぱな身分のお方でも、徳のある方は子どものような者にもお早うございますとちょっと挨拶をなさいましたが、芸者たちは子どもはうるさい、いない方がいいという風を見せました。

父にあてた柳河さんのお手紙に梅屋政吉殿と書いたのもありますが、手紙の上では父が政吉になったり、宇都宮さんが政吉になったりしますから、わけがわかりません。

若し水滸伝中の人物を以て金春の妓に比すれば小米は宋公明の如く、政吉は盧俊義の如し。宋公明は蓋世之才なくして百人の英雄を駕馭し、盧俊義絶倫の姿にして第一の将壇に升る能はず。……正覚坊は円顔肥身、花和尚魯智深に比すべきか。

父は柳橋のお柳というのを愛していました。そしてお柳におこいなどは年上で四十くらいだったかと思います。何かの席にはお柳の外に正覚坊のことくはかかしません。宇都宮さんがよく、「ことくにゆくならことづけたのむ、ほかにでけたと、ちよとゆてきておくれ」とはや口にお歌いになった御様子が目に見えます。梅吉とか小蝶とか小とりなどはみんな年若でした。この小とりの名前で、実は柳河さんがつくって父におくった歌にこんなのがあります。

つばさなき小鳥のみこそわびしけれ　行きてあふべき道しなければ

藤にたとえたたけという芸者もずいぶんよく来たようで、皆がバンブーバンブーと申しておりました。霧島の三代吉と言うのは芸はありませんがおとなしい妓《こ》のようでした。つつじに比べた小糸といっても同じ呼び名が新橋にもあるという風なので、どれがどれだかなかなかわかりません。

御維新《ごいっしん》に近くなって芸者の見習が始終桂川に来ていましたが、どこにやられるのか、政吉が少しばかり式を教えると本職になって出てゆきました。本人はゆきたくなかったらしく、それでごたごたのあったのが頭にのこっております。

あそびの真意

御維新ごろの芸者は気位が高くって、お金を出せばくると言うわけには行きません。そして芸者や待合いのおかみさんは案外徳川びいきで、損とは知りきっていましたが、薩長にはむかいました。

何となく世の中がさわがしくなって、お城の方が騒ぎになってきて、いても立ってもいられません。父は表向き出て働いてはいませんけれど、自分の責任はのがれられないと言う考えがありますから、たとえ芸者と遊んではいましても心のしんはなかなか大変な時でした。桂川の家柄は成島さんや水品さんともちがい内輪の方へ近い役で、公方様とは日々顔をあわせて、時には御手ずからかいまきをかけていただいたりというような上下のへだてのない間柄でございましたから、一層情《じょう》が深くなっておりました。もういったいに、男も気がてんとうしてしまっていました。誰も自殺するつもりでしたから毎日毎日が生きてるそらもなく、こんな遊びで堪えていなければならぬように徳川の方は胸が苦しいのでございます。それに隅田川の真中にいて、けしきはいいし、気候はいいし、誰だってそこで遊ぶことはわるくございません。いくら時勢を考えて八てんぐ働いてみたところで、どうにもならないのですから、それをまぎらすといった風もあったと思いますが、しかしまたこまかい所には気がつかないお坊ちゃんというところもありまして、桜の咲くころには船を花の下にとめたり、そら雪だ月だと隅田川に日夜を明かして帰るといったわけで、外目《そとめ》には正気の沙汰ではないようですが、ほんとうは国を思い家をおもって青くなってしまったのでございました。

憂きこともあまりにいたくなりぬれば　うきをうきとも思はざりけり

忘れると自分でくっつけてこしらえこしらえして来た歌かも知れませんが、香月おばか誰かから聞いた古歌にこんなのがございました。

春の思い出

花咲くころの隅田川

すみだ川船さしよせて見てゆかん　花咲くころのあけほのの空
都鳥いさこと問はんすみだ川　むかしもかかるけしきありやと

いつも申しますことですが、今ではまるでめちゃめちゃになって想像もつきませんが、実際私の子どものころのすみだ川のけしきは何とも言えぬものでございました。邸の前は道幅一つだけでじきに大川でしたので、どんどんと岸にぶっつかる浪の音がうちにいても聞えていました。物見の窓から首を出しますと、あの広い川筋が、花見のころには、屋根船で一ぱいでした。みんな茶屋の紋を染めぬいた幕を張って、中からはチャンチャラシチャラカチャンとくり返し弾いているいとの音が川波にひびいてまいります。川の両側はさくら、まるで

霞のようにまっ白です。いきな船頭の姿、水のきれいさ、

すみだ川花の下漕ぐ船人は　棹の雫も匂ひこそすれ

というあの歌はほんとうです。

隅田川は江戸中の遊び場、それに両国橋といえば世界一の橋のように思われました。そのころは今の人よりも花をめでたようで、咲いて散るまでには二、三度は行ったものでした。ふだんからきものなどこさえておいて、たがいに誘いあわせ、どこででっこわそうかなんて言うのがまずたのしみの第一だったでしょう。香月おば様もそう言う御見物が大好きで、お帰りになると歌や俳諧をかきつけて、またおたのしみがあるようでした。柳河春三さんや成島柳北さん、ああ言う方たちは無論花をまちわびていらっしゃいました。

上手の花も徐々開錠の期と相成、爪引は相済候に付遂興勃々勇不可当、嚢中を三省して我慢するのみ、節句が過ぎたらば不用の熨斗目《のしめ》を抵当にしてなりとも一日舟行相催申度、御序に多喜さんとも御申合置可被下候……

これは柳河さんから来た旧の二月二十八日付の父への御手紙でございます。多喜さんと言うのは幕府の役人の水品楽太郎さんの綽名《あだな》でした。柳河さんからはまたこんなお便りもありました。

この程の御船遊びいとうらやましくこそ侍れ、花もいまひとたびまちわぶめれば、つぎの遊にはかならず具し給ひてよ。ともなふべき人はふたり三たりぞよかるべき。

かつらする柳のはしを舟出して　むかひの島の桜花見む

船やどのおかみさん

両国橋のまわりをとりかこんで、船やどが五、六軒ありました。桝田屋という船やどのおかみさんは、器量は格別いいとも思いませんでしたが、やさしく親切で元気な四十前後のおもしろいおかみさん、話しながら手真似をして踊をおどったりしました。船宿にはまた大勢の男がいて、どれが亭主だか子ども心にはわかりませんでしたが、何しろおかみさんが大ぐくりに締めくくっていたらしく見えました。船そのものはむろんだし、それにかんけいの芸者やたべものにいたるまで、屋根船で遊ぶ人にたいして一切の責任をもっていたのでしょう。

ああ言うとこのおかみさんはちぇがあってやさしく、依怙《えこ》ひいきがなくて誰にでもよくしました。そう言う風にできているのでしょうが、とにかくあの社会でも人格がなければおかみさんはつとまらないのでしょう。なりも地味でした。ふだんは黒襟にはんてん着で、御邸へ出るようなときなどは、つつしんで羽織をきていました。

そうそう「桝田屋のおこのばあや」と父がよく呼んでいたのも思い出します。むこうもお邸のお客様にはまるで老女かなんかのように忠義なものでした。芸者を奥さんに仕立ててのせて行ってみようかなどと、興に乗じて馬鹿らしいことでも言い出しますと、それはいけません、決してなりません、お名前にさわります、と自分の方が損をしてもやめさせます。もしそんなことで騒ぎますれば、船宿ではお金になるのですが、自分の方で得がゆくとかゆかぬとかなどはゆめにも思いませず、つまらないあそびをとのさんはすきで困ったものだと言ってとめるのです。情があったものでございますね。維新後ひっそくして狭い家にすんでいましても、とのさんとのさんと言いますので、もうとのさんでもあるまいと父が申していました。とのさんとのさんと早口に敬って鄭寧《ていねい》には申しますものの、かわいがることは子どものようで、がちゃんと音がしてもぶちはしないかと案じます。こっちもばあやばあやと、まるで自分のおばさんかなんかのように甘ったれてよろこんでいました。

貧乏な旗本はよく勘定に困りましたが、おかみさんが心よくおかねを貸すと言う風で、その代り都合がいいときは、ばあやのところへどっしりもって行ってやりたくてしようがなく、それをとっておいたりなどいたしません。そんなのがまあ御旗本のとのさんかたぎでございましょう。

□田へ昨夕一寸参り候処、船主曰、二十四日の事今日Qより申来候処昨夜迄御約束之なかりし故、内実新場のお客に昨夕条約取結び今日に至つて進退極り候と申聞候間、熟考仕候処彼も客なり我も客なり先約を強て断らせても不愉快は目前たり、不如此方之約期を延ばさんにはと意を決し……

これも柳河さんからのおたよりの一節でございます。

「花のかげゆききの品評《しなさだめ》」

自分は遊ばずに、芸人をあそばせると言った通人のかねもちが、向島にはあつまったようですね。船宿のいい御客さんはこう言う人達でした。中には新造の舟を自分でもっているものもありました。向島というとすぐ芸人のあそび所と言うくらいで、よく寄りあいを舟の中でしたようです。身につけるものからして粋《すい》なはやり模様で、つかう言葉もあたらしいものばかり、そのいきななりを見に行けば今年のはやりがわかると言われて、向島の花見は人気のたったものでございます。こう言う催しはお客さま本位でないので、めいめい自分たちの勝手な芸を出し、かねて自分達のしないことを舟の中でやる、はないしかが役者の真似をしたり、役者が外の役者の芸をとったりしておもしろがりました。前後をよく覚えませんが、そのころよくはやった歌にこう言うのがありました。

すみだ川原に舟とめて
まだうらわかき娘気のままあどう言うてよかろやら
しんきまくらのそら寝入り

何でも有名な落語家が良家の娘さんをさそい出したとかで、大評判でした。

父甫周が筆のすさびに作った草紙に「花のかげゆききの品評」と申すのがございますが、表紙に「海内一本月池書屋愛玩」と父の筆跡でかきのこしているのを見ますと、なつかしいそのころのさまが見えるようでございます。

○此《ここ》にこの頃花見の時節、老若男女賢不肖、往来繁き向島、堤《どて》に囀る鳥追《とりおひ》も、一きは目

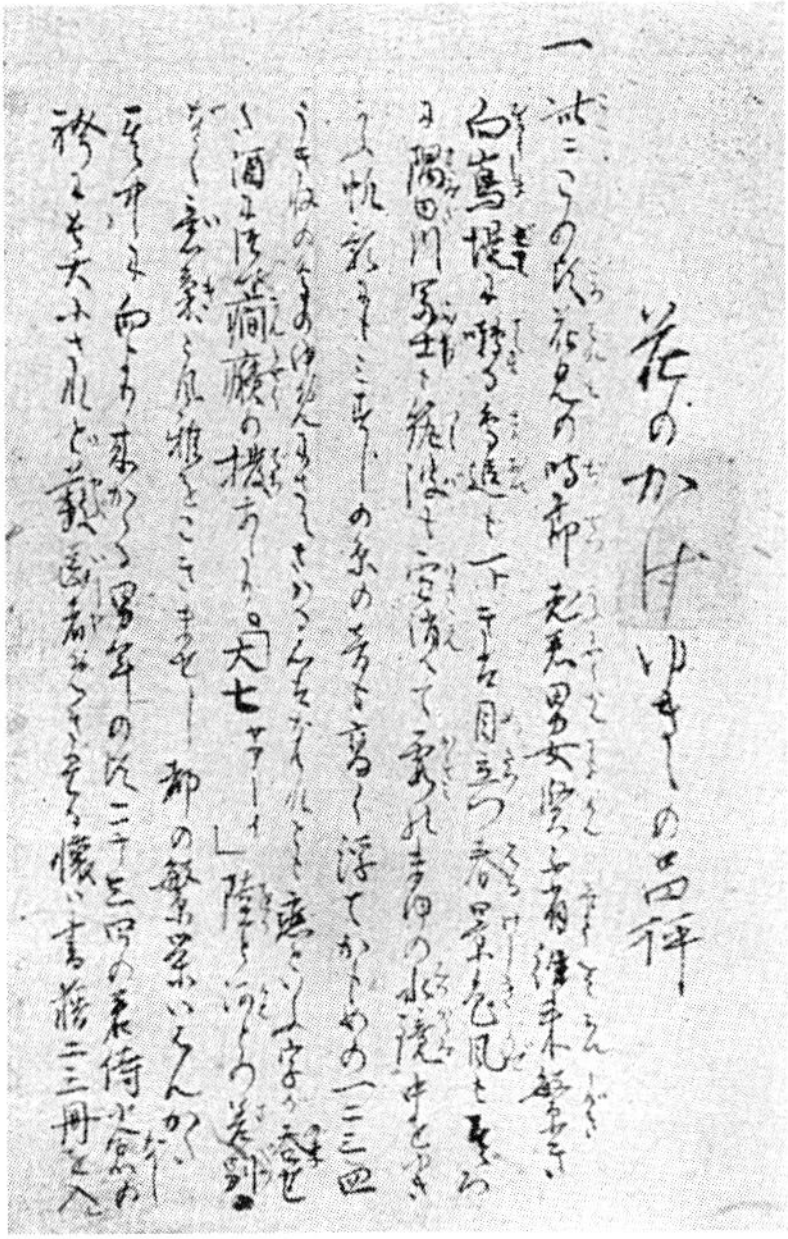
甫周筆「花のかげゆききの品評」

立つ春景色、風もそゞろに隅田川、富士も筑波も雪消えて、霞の眉の水鏡、中をゆきかふ帆影にも、みすじの糸の音も高く、浮てかもめの一二三四、うきねの鳥の夢にさへ、さはる心はなけれども、恋といふ字が呑せた酒に、つい癇癪の撥あたり。「大七ヤアーイ」陸《おか》と河との差別なく、意気と風雅をこきまぜし、都の繁栄いはんかたなし。其中に向より来かゝる男、年の頃二十三四の若侍、小倉の袴に長大小、されど籔医者めきたる懐は、書籍二三冊を入れたると見えたり。

……

○四十二三の男ぽつちやり肥《ふとつ》て色白で、唐桟の着物にこん博多の帯、七子のけんぼう小紋の羽織、ばらをの雪駄で二人づれ、何かいそ／＼話しながら早足にゆく。是は店者と見えたり、竹屋の舟を呼ぶなるべし。
○長命寺あたり、船を繋き上り来りし三四人連れ、侍か町人かは知らねども、一寸小意気な色男、其なりふりはいはずと知れた当世風、意気でこうとで極ぢみで、人柄作りの嫌みなし。芸者二人箱屋や一人少しおくれて来て 男曰ク ア、咲きも不残ちりもはじめずいゝ景色だトぶら〳〵ゆく、後の芸者二人是れもぶら〳〵ゆきながら 一人の女 アノネ誰さんといへばおきゝよ、…… 他の一人の女 おやそれかい……うけつ答へつ人中を、右へ左へよけながら、ゆく此連中いづちへ行や皆様御考可被下候
○符てうばかりで話して来る連中、いやはや此頃は大ダ、ラがうちつづき「モニー」は乏しく世間は春風嚢中は秋風アハ、、、時に其後またおよぎに逢はねへが、さぞ腹をたっているだらふ、夫れはどうでもいゝが正成様（楠山さん）にはおそれ入るて 一人の男 なになにおそれることもなんにもないが、あれは只々誠に困る事情、あのことを幸に私にくつてかゝる、夫れに僕も此頃大カステラかの亀のこうより年のこうがたいそふに腹を立つて朝から晩まで小言ばかり、夫故十三日も何分出兼たし××の稽古日にもおもひのまゝにゆかれず大閉口さ、例の人が帰つて来たらちと羽をのばしてあそびたいものさねえ、 一人の男 又カステラの種を蒔のかアハ、、、ト瓢箪一つ携へずゆき過る。是れは学者の通人かはた化物か多分化物なるべし。（化物は成島柳北

の略名）

○坊主あたまへ向ふはちまき或は乱鬢長髪惣髪もあり、坊主はこん足袋野郎はすあし、袴はいたるもあり帯の上より尻をはしよりたるもあり、異形異類の五六人連れ「テレフ　シヤンセト　モンド　ヂヤ　セフト　スタアン　オドロク　イキ　ハルト」よさこい〳〵、同音に唱ひながら往来せましと行く。是れは西洋家の書生なるべし。

○馬乗袴の高もゝだち、すあしにひやめし草履、こくもちの羽織にいかめしき長大小、余ほど御機嫌の様子にてゆきゝの新造にからかひながら、「外山の山の雉子の声、さつても見事に咲たる桜、ア、ナンチカ、シツパツターゆるりのはたでも子が出来る」トいとおもしろそうに扇拍子にて行く。これは此頃遠国より勤番にいでたる人なるべし。

○十一二ばかりの男の子、黒の羽織に八丈嶋の小袖小脇差一本、側に付き添ひたるは祖父さまと見えてつむぎの紋付パッチ尻はしより、腰に瓢を下げ笠と杖とを持ち添て、コレサ〳〵またしやれゆる〳〵ゆかしやれ、あぶない〳〵道の中をゆかしやれよ、老後の楽み他念あるまじ、あとから供一人来るかこぬか。

○十五六をかしらにして十二三の新造ッ子八九人、いづれも美しき濃粧淡粧おもひ〳〵の好みにしたがふ。されどけだしは皆々緋縮緬膝より下をあらはしたり、白地の手拭にて頭を包み又はちまきするもあり肩にかけたるもあり各一筋を持てり。その中に年ま二人、一人はかし棹の三味線に木の撥を持ち添て一人は小さき風呂敷包を持つ、是れは化粧道具と見えたり、木母寺の方へ行く。是れは花間の常事皆様御存じなるべし。

○女乞食二人ばかりの子供をつれ、破れし菅笠をばうしろざまに背負ひ、なにかくどくどうるさく付きゆく、又人の先へにこにこ笑ひながらあとびさりつゝ、一文おやりなさいだんな様ト云ふは、腰の所ばかり破れころもをまとひたる赤き乞食坊主也。扨又道の傍に深くあみ笠かふむりて半ば開きたる扇を手に持ち無言にて腰をかゝめたるは、其むかし金銀に乏しからず廓かよひにうき身をやつしおふさきるさにおもひみだれ、親のいさめ世のそしりをも聞き入れず、はては屋敷の門限も物の数とも思はずなりて終に長の暇とはなり侍るか、仇うつ人の浮世を忍びて糊口《たつき》に困りしともおもはれず、扨々女にかはゆがられし人の身のゆく末ばかりはかなく見ぐるしきものはなし、年若き御方々様よろしく御慎み願上候　穴賢

慶応二年丙寅十一月　　竹鳥斎主人

御所の御障子

江戸はあんまり泰平に酔っていました。考えて見れば本気の沙汰ではありませんね。吉田松陰さんが黒船にのりこもうとなさる前、向島でみんなが花にうかれているありさまを見て嘆かれたという話ですが、ああ言う方は花に酔わない方なんですね。たいていのものは泰平に酔って、天然こんなもんだと思い込んで、み国のことも忘れていました。京都では天子様は御不自由あそばし、お花見どころではありませんでした。それなのに京都のそんなお話もきくのをさけるくらい、きけば改めなければなりませんし、それにはこわい人達に追っかけられますし、なまはんかのことを思うより花や舟に心の苦しさをまぎらそうといった気持のものも、いくらか維新前にはあったようでございます。しかしまあ旗本はおぼっちゃんと言う風があって、こまかい所に気がつかなかったのでしょうね。

私が今泉に嫁いでまもなく、夫は私を京都につれて行きました。確か春だったと思います。十九か二十のころでしたが、花見でもと思っても、そんなことを申そうものなら叱られそうでした。それでなくっても夫は第一に私に御所を拝見させて、「徳川はぜいたくをしくさって、皇室にこんな御不自由をおかけ申した」とさんざんおこりました。「まあこの御障子をよく拝見しなさい。もったいなくはないか」と涙をながして申しました。ほんとに御障子はやぶれていましたし、どこも天子様のおすまいとは思えませぬほどお粗末でございましたから、私はなんと申されても返事のしようがございませんで、ただ畏れ多く、徳川全体のものが天子様を思うことの足りなかったのがしみじみわかりました。「もったいないと思ったら、これからもっと骨を折るがいい」と言いました。それからは私が紐のすべりがわるいと申しましても、夫はじっとにらめて、「そりゃお金を出せばいくらでもいい紐があるにきまっておる、しかし皇室のことを考えると畏れ多い」と万事がそういった調子で、自身はもちろん一生ごく質素で通し、着物も洋服もそまつのものきり用いませんでした。

「旗本は腹を切れ」と言った人がありましたが、ほんとに長い間皇室にたいし忠義の足りなかったことを悔い、りっぱに死ななければならなかったのでございます。私も八十三になってこのごろ神経痛で苦しみますたびに、これも徳川時代の罰かも知れないと思うのでございます。

嵐のあと

椎のあらし

罪なくして配所の月と申しますか、永らく住みなれた築地のやしきを召し上げられて間もなくのことですが、父は行くところもなく、一時椎の木のたくさんある御邸の中に新しく建った小さい家にはいりました。ここは借りたのですけれども、地主は知った方なので、まるで自分の家のようでした。勘次郎だの平太郎だのという昔の侍もついて来ましたが、何しろ六畳一間にちょっと台所のついた所なので、大勢が来ても戸棚にまではいって寝るというようなせまさ。やがて勘次郎は遠方に行き、平太郎は商人となってしまいました。腰元だったおかい、おかよだけは残って父の身のまわりのせわをしていました。

さて、父も私も、暗くなってもあかりのつけようもわかりません。おかよの留守に、蠟燭と油とをわたくしが初めて町へ買いに出かけていったことがありましたが、油屋の店の前を行ったり来たりして、なかなかはいる勇気がありません。やっとはいってもおどおどして口がきけず、店に上ってしまって、まだ今までの振袖姿でぴたっとすわり、両手をついて、油のいれものを恐る恐る前に置いて、「どうぞ油を少々いただきとうございます」と鄭寧《ていねい》に申しますと、おかみさんはまあ徳川様のおちぶれのひいさまが、と気の毒がって、「さあさあ私がおともいたしましょう」と言って、油は自分が持ってついて来てくれましたが、お宅はときかれても場所がわからず、さがしさがしてやっとうちまで送ってもらいましたが、時にとってその人の親切は今さえ嬉しく思い起こします。

いったいそのころは、番地をきかれても自分の住んでいる所も知らないくらいに、ぼんやりしているのを女はいいとされていました。はきはきとものを答えたりしますと下品だと言われました。そうかと思うと、鉄砲のたまが雨のように降る中を、夫の首級《しるし》を袖に包んで帰ってきて、供養をしたという婦人のことをほめていました。「存じません存じません」が一朝ことあるときは大したもの、始終懐劒をはなさない、というようなのが武士の娘気質なのでございましょう。

父も父で、初めて銭湯にまいりましたが、どこにはいっていいのやらとまどいして、初めは水風呂にはいりましたそうですが、いかにも我慢にも我慢ができず、とび出てこんどはまたとなりの上り湯に足を入れようとして、ふと気がつくともやもやした湯気の立っている大きな湯ぶねから人が上って来ましたので、はじめてそこかとわかったというひとつ話ものこっております。

その住居の思い出としてのこっている歌に、

ききなれし椎のあらしも音絶えて　いつしかつもる春の淡雪

眠られぬ夜に、有為転変の世のさまをじいっとおもい続けていた父の面影もうかんで来て、今でもひき入れられるようなさみしさを感じます。

初ほととぎす

御維新《ごいっしん》後の父はまるで人が変ったようになりました。家柄だの身分だのということはすっかりなくなってしまいました。自分にはなんでもそういうことをはなしたり考えたりする資格はないと申しておった父は、甫周様だとか法眼《ほうげん》様だとかいわれるのを、京都に対して畏れ多いといやがりました。もう名も品物も何にも要らない、今まで知っていたことさえも知らなくなって医者もしない、つきあいやなにかも一切やめて、ほんの素町人でおわりたいと申して、一時名前も「森島新悟」と言ったりしました。

まず困ったことには木綿のきものがございません。着馴れたやわらかいものはたくさんございますが、いままでのものは一切お廃しにして、縞のもめんのをわざわざ新調して着ました。わかったんですね、きのうまではならわしでやって来たことだけれども、京都に対して不忠不義栄燿栄華をしたのが、今となってはただ畏れ多い、京都のお住まいの御障子がどんなであったか、それまで気をとめていなかった、ズーフハルマをつくるような新しい学問にいしゅうしんして――また自分のまわりのおなかまもそういう方ばかりでしたが――やっと徳川がすまなかったと気がついて、世がいやになるほどでございました。

成島柳北さんは父とは意見が合っておりましたので、浅草で薬屋を開くことにしました。桂川の家伝の妙薬といわれていた金竜丸という丸薬や血止散などを売っていたことをおぼえています。私もなれない手つきで、一生懸命丸薬のつつみをこしらえたりしたものでした。今も金竜丸だの血止散だのの上づつみが二、三枚古いものにまじっているのを見かけて、さびしいようななつかしいような気がいたします。

成島さんと二人で、父は外にもいろいろなことをいたしましたが、なにしろ柳北さんは名高い才人で、お蝶という芸者を奥様になさったくらいですから、どこか世に合うはしっこい所がおありになりましたが、父はお金の価も知らないそれこそ殿様なので、結局何をしても損は自分一人でせおい苦しんでいました。それでも父は成島さんと朝晩のように新聞のことなどもはなし合って、朝野新聞のできる時にはお金も出し自分も書いたり見えない骨折りをいたしましたが、いい所はみな成島さんに譲って、自分の生活はやっぱり金竜丸でやっていたようでございました。

「本社の繁栄を祝ひて」という題で、父の筆の跡が短冊の中にのこっています。

　月も星もみなしりぞけて朝日影　野にも山にも輝きにけり

また次の成島さんの御手の走り書きを見ましても、そのころが偲ばれます。

　口上

一、サントニー　　いただきたく

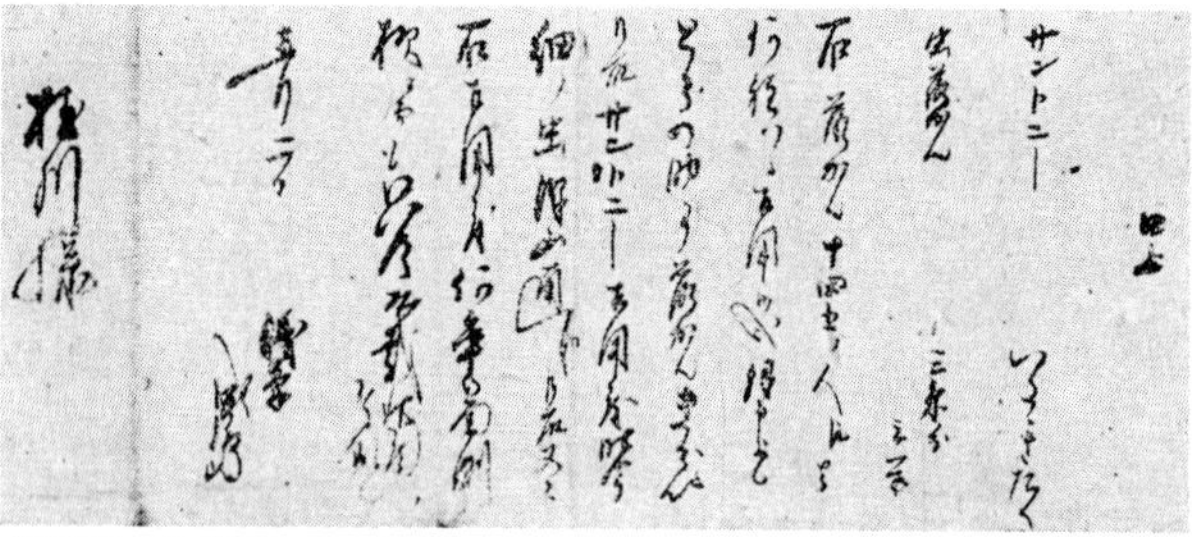

成島柳北より甫周あての手紙

一、虫落がん　　三朱分　三箱
右落がん十四五の人江は何程づつ相用ひ候や伺ひ申上
候、とらの助事落がんきらひ候故サントニー相用度昨今
細ノ虫沢山通じ候故又々右相用度何卒御面倒様にても只
今頂戴仕度奉願候
五月二日　　浅草　成島
桂川様

とのさんとのさんと言われて、お茶でも何でもさきにもって来たり、同じ間にもいなかったくらいにされた父が、御維《ごいっ》新《しん》後は外の方達がりゅうりゅうとしていらっしゃるのにひきかえ、東京医事新聞の編集長だけでさびしく世を終えたことを考えますと、時には残念だなあどうしてこんなにおなりになったかと、私は思うこともありましたが、父は平気で世のうつりかわりの中にもかわらぬ風流のたしなみは捨てず、よく次のような歌を作って私に見せるのをたのしみにしておっ

たことを思って、父はやっぱり俗でなかったと忘れられない慕わしさが一層つのります。

世わたりのせわしき身にも折ふしは　待たるるものを初ほととぎす

縁談

石井謙道さんが私の縁談を心配して、町家には置きたくないと言って御自分のお家にあずかって下さいましたことは前にも申しましたが、そのうち甫策叔父が静岡から出てまいりましたので、私をそちらの方へおうつしになりました。そこもやはり開成所の中なので書生がたくさん住んでいまして、私が外へ出たりしますとワアッとはやしたてます。帰ればまた二階から首を出して「おかえり」などといってうるさくてしようがありません。とてもここには置けないというので叔父は近所に引っ越しました。ある時、懇意のお宅の書生さんなどが来ていっしょに歌かるたをとったこともございますが、私は男のようでしたから、書生がからかったりしても振袖でひっぱたいてしまうという風で、気が強く負けるものかという癖があり、父もいくたびか「男だったらいいが」と嘆息していました。

石井さんは先生ですから、生徒や何かへ私をやりたいとお思いになればいくらでもありました。そして縁談といえば大てい華族からあったらしいのですが、父がそれを好みません。おちぶれの桂川の娘だから金持にやるのもいやだ、百姓か何かにやりたい、と申していたことをよく耳にしました。自分にもそういう考えが心にありましたから、いい所からの縁談は首をふりました。こんなわけで養子も来ず、嫁にもやれず、英語を習ってどうにかしたらというので、近所の塾に通いました。こういう世の中では女も独りだちする他ないという考えから大勢そこに来ていましたが、私はどうも英語ができなくて困りました。そうこうしていますうち、石井さんのお世話で今泉にまいることとなりました。と申しますのは、石井さんの友達に、副島さん（種臣）と商法のことで親しい方がありましたが、その副島さんが今泉とは兄弟親子のような間柄だったので、その縁からその方が口をききました。父は最初佐賀県の人へ嫁《とつ》がせようと思ってはいなかったようでしたが、鍋島はもと将軍の方へも大変好意をもっておったというようなことをこの仲人がとうとうしゃべっていましたし、今泉は当時司法省出仕でしたが、非常に淡白なたちで、月給ではやとわれないような所に第一気がひかれた、という父の話がちらちら耳にはいりました。そして利春と言う人物は何かつり合っているような気がみんなにいたしました。

ところが私は国もとにでも連れて行かれることは死ぬのと同じだと思って心配していますと、あちらでは若い者が一たん東京へ出て来ている以上、よほどの失敗がないかぎり国へ引っ込む気遣いはないといって夫のことをほめましたり、夫の父は露磨（伝兵衛《でんぴょうえ》）といって名ある歌よみであることなどもきかせて下さいましたが、いよいよとなりますとさすがに父も手ばなしたくなくなって、まだほんの子どもだし、何もできないしなどと躊躇《ちゅうちょ》していますのを、甫策叔父と謙道さんがずんずん話をきめるはこびになさいました。徳川のおちぶれは肩身がせまい、死にそこないと哀れまれるようなら、もう行くことはないと私も考えましたが、昔はまったく親や何かの命令通りで、どこそこにゆくのだと言いわたされますれば自分は勝手を申すことができません。みんなしてどんどん支度をしておしまいになりました。

人生の浮き沈み

夫今泉利春は大隈さん（重信）といっしょにおりました。そこはまた何丁というとんでもない広々としたお屋敷を半分ばかり仕切った住まいでした。そんなに外へは出てみませんでしたが、井戸などもいくつもあったように覚えています。私が嫁《とつ》いでゆくについて大隈さんは他所にお移りになりました。奥さんにはお会いしませんでしたが、台所道具が皆残っていました。この奥さんは十六か十七くらいで一度おいらんに売られなさいましたが、まだ年が若かったのでお客をとったのではないと言うようなことをききました。とにかくあぶない話でした。そのうち大隈さんがもらいたいと言い出して、夫がかけ合いにまいりましたそうです。私がほんとうですかとききましたら夫はがってんがってんしたくらいのことで、何もくわしいことは申しませんでした。

奥さんの兄様は上野で討死をなさいましたとか、旧幕のりっぱな身分の方でした。私は幸いに藤沢や木村の叔父たちもあり、石井さんまで世話して下さったので、食べることにどうと言う心配はございませんでしたが、旧幕のうちにはひどいのがあったそうでございます。頼む親類も逃げて行き方も知れず、自分の家には食べるお米もない。もうむちゃくちゃで売られてゆきでもしなかったら、どうにもならないという世の中でした。いつでしたか、早稲田を通りました時に、「ここが大隈さんのお邸ですよ」ときいて、当時の世の有様と思いくらべて、人生の浮き沈みということをしみじみ感じたことがございます。

夫婦喧嘩

夫は徳川ぎらいでしたので、じきに徳川徳川と申しました。今までは徳川さまと言っていたのに、みんなが徳川徳川と言うのが私はききなれないせいか腹が立ちました。御維新《ごいっしん》のあげくは私はちょっとひねくれ者になって、薩長におじぎなんぞするものかという反抗心がありました。夫は、「それは考え違いだ、そういう料簡ではいかん。一ぺん見せて置く」と言って京都につれて行きました。そうして御所の御障子を目のあたりに拝見しました時は実際もったいなくて頭が上りませんでしたが、それでもあんまり徳川のことを夫が悪く言いますと、どうしてもいい気持がいたしません。夫は私の父甫周をかねて尊敬してくれまして、「おいでになると気がつまるくらいだ」など申しておるかと思いますと、たまには何となく軽蔑して、徳川の者はぜいたくだなどとちょっと気まずいこと

今泉利春肖像

を言う折がございました。

いったい女というものはきたいなもので、自分の実家をわるく言われますのが何となくいやなのでございます。それで時々夫と気が合わなくなり、私が一にも二にも徳川をかばいますので言い合いをいたしました。

「薩長といえば、細かいことまで気をつけて徳川を悪く言います。お障子が破れているの、お襖《ふすま》がお粗末だのと言いますけれど、お慈悲深い天子様のことですもの、そんなことを御念頭におかけ遊ばす方ではございません。物質じゃなく、心から国を思う忠義の士が欲しいと思し召されるでしょう。なるほど薩長のお偉い方々は皇室にたいして忠義です。しかし忠義忠義と言ってることをお忘れにならないと言った忠義、皇室でも自分がいないとお困りになるというような大層鼻の高い忠義、薩長が何でしょうか」

すまないとは思いながら、都合のいい時にはどうにでも理窟をつけては申しましたが、実は私などはちょっと皆さまにお目にかかるだけですし、ましてざっぱくなあたまですから何とも申せないのですけれど、夫が忠義忠義と申しますので、ついこんなことを言ってしまいますと大層叱られました。

「西郷さんだけは忠義をほこるようなところがなく、自分は偉いもんだという御様子がみえません。ですから徳川に対してもおなさけがありました」

こんなことも私が申しますと、夫は少し笑い出して、

「西郷先生は上手だけれど、外の人は下手なのだよ」

と言ってやっと夫婦げんかが止みました。

しかし喧嘩はいたしましたけれど、心の中では夫の忠義には頭が下りました。これはたしかに副島先生の感化が多いようでございます。日ごろ夫は何でもかんでも楠公楠公で、あのぶきっちょな手つきで子どもを抱きながら、

ああ正成よ正成よ　公の逝去のこの方は　黒雲四方にふさがりて……

のあの歌を涙をこぼしながら歌っていました。無心な子どもにも忠義の魂をふき込むつもりだったのでございましょう。また吉野の山へまいりました折にもこんな歌をよんだと申しておりました。

楠のちゐの若葉の匂はずば　吉野に咲かふ花は見まじを

夫は青表紙を読んでむずかしいことを言う人よりも「チャカポコ」が一番好きだと申して

おりました。道だの何だのということを通りこしてしまっている所があったようでございます。お前には気の毒だ、娘は政治家の妻にはしたくない、としみじみ申したこともございます。

佐賀の事件の時でしたか十年戦争の時でしたか忘れてしまいましたが、政府から家宅捜索に来ました時に、私がすばやく書類をお風呂の火の中に突込んでしまいました。夫は一応取調べのため連れて行かれましたので、その晩私は懐劒をふところにしてさむしいさむしい護《ご》持院《じいん》ヶ原《はら》を通り抜けて面会に行ったことがございます。途中俥《くるま》でまいりましたけれど、原にさしかかってあんまり気味が悪いので、俥夫《しゃふ》の方が逃げ帰ってしまいました。私はただ一心でまいりましたので、やっと夫に会えました時は心からよろこんでありがたいと申してくれました。その時の夫の笑顔は生涯忘れることができません。夫の苦労も知らないで、ふだんは我がままばかり申したことを思い出してしみじみすまないと思うのでございます。

江藤さんの獄門

まだ目に残っておりますのは、ある日夫が写真を持ってまっさおになって帰って来たときのことでございます。察したとおりそれは江藤新平さんの獄門の写真でした。夫にとっては親を失ったほどの大事なのでございます。佐賀の事件では、山中一郎、中島鼎蔵、朝倉弾蔵、香月経五郎、西義質というような竹馬の友が涙をのんで刑場の露と消えて行きました。女のようには何も申しませんけれども、悲しい中に怒りがふくまれていたことは確かでした。大騒動をしようとしても、もう佐賀の同志は少なくなってしまってどうすることもできず、やけ酒を何升というほど飲んでは、「獄門にかけたことはひどいひどい」と独り言を申しては非常に憤慨《ふんがい》していました。自分一人だけ生き残っているということも、堪えられないさむしさだったのでございましょう。この時の無理がたたって、その後は胃が始終ただれていて床にいる日の方が多いくらいでございました。私の叔父の木村芥舟がそれを慰めるために、りっぱな帖をつくって、亡友帖として贈ってくれましたのを、副島先生が「南白遺帖」という題をつけて、その最初に江藤さんを偲ぶ詩をお書き下さいました。

思い出せば、何でも私が縁づいてまいってから半年か一年くらいたったとき、征韓論がやかましくなって、夫は同志とともに役をひいて、そのころから両国橋のそばに住居を移しましたが、そこへ江藤さんがお見えになったことがございました。きちんとお坐りになって熱心にお話しになっていらっしゃるまじめな御様子はちょっと外の方とは違っていました。ただ今も手もとにあるうすく消えかかった獄門の写真を取り出して見ますと、その裏には亡夫の手で江藤さんの詩が書きつけてございます。なおその写真の中にいっしょにうつしてある辞世のお歌をじっと見つめていますと、無量のおもいが胸に迫るように感じられます。

ますらをの涙を袖にしぼりつつ　迷ふ心はただ君がため　　新　平

副島先生

天国《あまくに》の大刀

> 一、天国大刀
> 右種臣所持の処差進候　尤淡海三船王佩刀之旨承知致居候　為レ国　為レ道　三国之光を御輝し可レ然存候　為二記念一仍而如件

明治二年
今泉利春殿
菅原種臣

この書きものを見るたびに思い起こすのは、副島種臣先生と夫利春との間柄でございます。まるで親子兄弟のようでしたが、それには深い事情があったのでございます。

夫は佐賀藩の今泉伝兵衛《でんぴょうえ》の長男として生れ、幼名を播磨次郎《はまじろう》と申しましたが、ゆえあって実母が家を去りましてからは波瀾多い生涯が始まりました。根が孝心の深い夫は、父が後妻の愛に溺れ、その産《う》みの子の二男に家督をつがせたいと言う心持があったのを察しまして、十三の時にそっと家を出てしまいました。それからは畑の大根をかじって飢《う》えを凌《しの》いだり、木樵《きこり》の仲間入りをしたりしていましたが、国のために尽くすにはどうしても勉強せねばならないと思い立ち、佐賀の徳善院という鍋島家の菩提《ぼだい》寺にはいって、名を源泰と改めました。ある時藩中のお侍と坊さん達の間に大論判がございましたが、お寺の方の代表に源泰がなってとうとう論じましたので、そのことが藩中の評判になりました。当時天下の大学者だった枝吉神陽先生が殿様に事情を申し上げましたところが、閑叟公はそういう者を寺に置くのはいかにも惜しいとおっしゃって、別にまた一つ今泉家を建てさせて下さいました。夫が殿さまのお供をして町を通りますと、それ源泰坊主が通るよといって、みんなが見物に出たくらいにこの話が有名になったそうでございます。そんなわけでございますから、枝吉先生はまるで親のように愛して下さっておりましたが、先生の門下にはその実弟の副島さん（種臣）をはじめ、大木さん（喬任）、大隈さん（重信）、江藤さん（新平）のようなおえらい方々があつまって、佐賀藩の尊皇論のさきがけとなっていらっしゃいました。枝吉先生のおなくなりになる時に副島さんに利春を頼むと御遺言なさったそうで、その後は副島先生と夫とは同心一体のようになって、枝吉先生の尊皇の大精神をうけついでまいったそうでございます。維新後まもなく夫は抜擢《ばってき》されて、伊万里の藩（旧佐賀藩）の権参事格につきましたが、その時副島先生のおよろこびと言うものは一通りでなく、御秘蔵の天国の大刀をお祝いにとおっしゃって夫に下さいました。ただ今ではその刀はなくなって、書きつけだけが先生の御恩愛を偲ぶよすがとなっております。

事をともにする者

夫は心から副島先生をたっとんでおりましたが、それでもおっしゃるとおりでなく、先生が一向《ひとむき》の時に夫がいろをつけました。先生の愛弟子の家永さん（恭種）も夫の方へついて先生にさからうことが折々ありました。家永さんはちょっと言えば田舎出ですね、ものを返すのにその当人がいないと、どこまでも探して返してくるといったような質朴な方でした。先生も夫や家永さんには何となく二の足をふむような御様子でしたが、いくらさからっても国を思う一念よりほかなく、私の欲は少しもないのですからすぐに和解ができました。先生は、これまで自分にさからう人がなくって淋しい思いをしたけれど、お前達はよく言ってくれる、とお悦びになりました。三人ともある点で心がまったく一つになっていました。まあ珍しい人達でございますね。

> 与我共事者
> 今泉君首肯否
> 友人副島種臣

と、めずらしく達筆の大文字の額を書いて下さったことがございましたが、よほど深い御心がこもっておりましたとみえて夫が大切にしていましたから、私もなにを失ってもこれだけはと思って今日までもちつづけております。

なお「利春に柬《てかみ》して兼ねて家永恭種に示す」という大幅がございます。大層読みにくい詩で私にはなにがなんだかさっぱりわかりません。

憶昔帥兵北路船
羽州秋翠越州煙
顇容吾已今疲矣
英気子猶思颯然
歴試未功落人後
登場恒意在肥前
且憐龐統何為踢《ケツマック》
応是治中別駕賢

神さまとお話をした先生

先生はあまりお偉いので取りつくことのできないような気がすることもございました。先生はよく壁に向かって長い間だまって坐っておられて「今まで神様とお話をしていた」とおっしゃったことがございます。どういう神様ですかと伺いますと、神官達のいう神様ではないと言われましただけで、あとはお笑いになりました。お宅の門をくぐりますと、先生をだまそうと思って行った人でも、一切を白状してしまいたくなるほど先生は神様にお近いなどと皆でおうわさしているのを聞きました。何となく大まかな方で、情が濃やかというところはあまり見えませんでしたが、それでもお伺いしますと、御自身玄関までお出になり「おお来たか」などとおっしゃって、まるでおじ様か兄様の風をなさいました。

先生はまた易学に精通していらっしゃったことは有名でございますが、高島嘉右衛門さんでも先生にはお教えを乞うたときいております。古い書きものの中からこんなおもしろいものが出てまいりました。ひょっとすると先生御再婚当時のものではないでしょうかと存じます。

中孚 ䷼

この女こし細し、然共子を胎むに難なし、恐らくは長は女、下二人は男、大図可なり、色は白からずといへ共又黒しともせず、少し長顔、いはば中、美に非ずして婉容あり。にくしとはいひ難し。この人元々運薄し。寿命五十内外の人なるべし。中孚の卦の本意なり。高島公の判断中孚をまこと丶よむのみなり。予の如き判断し能ふや否。推掛むこ入は御面倒ながら御断申なり。縦令素性悪しきといふも予に従へば皆真是副島夫子大徳

なるが故なり。恐らくは予に従はずば皆不吉かもしらず、中孚の卦は予の為に、興るものなり。今後かく思ひ給へかし
種　臣　拝
媒介御衆中

先生のお歌

副島先生と言うと文学のできた方とすぐ思います。漢詩では支那人も驚くくらいで、ただすらすらとおかきになると、それがりっぱな詩になっていたそうでございます。いつのころか向島のお花見に夫たち二、三人がお伴して行ったことがございましたが、その折に、誰が一番早く和歌ができるかやって見ようと言い出した方がありますと、先生はさっそくに、

咲きにほふ花に心の奪はれて　語り出さん言の葉もなし

とおよみになって満座をあっとお言わせになったとききました。

そのかわり先生にはわがままなところがありました。気が向くと紙があろうがなかろうが、墨がすってあろうがあるまいが一向かまわずお書き下さいますが、いやとおっしゃったらど

うしても筆をおとりになりませんでした。先生が興に乗じておかきになった字や画が今も手もとにございますが、その中にこう言うお歌を見出しました。

あさいとの　みだれたる代は　いかにせむ　いかにせむとは　いひながら　たすけむは
また　たみのみち　すくはむもまた　たみのみち　きみのみためは　くにのため　くに
のみためは　きみのため　きみのみためと　いでたゝる　なかののうしぞ　たうとかる
たけあきぬしぞ　かしこかる　わかれのさかつき　それさせや

煉瓦

銀座に「煉瓦《れんが》」ができて間もないころと思いますが、夫は京橋の加賀町（十六番地）（今の銀座西七丁目付近）に三軒をぶっこぬいて、すまいと代言人の事務所とを造りました。ずいぶん広くって掃除に困ったことや、れんがはりっぱですけれど往来はきたなかったことなど覚えております。造作はこちらでいたしましたけれども建物は自分のものでなくって借りていたようでございました。ここは征韓論で司法省を辞《や》めた浪人連中が社をつくって、夫と大東さん（義徹）がいつもこの事務所にいて、おもに書類をこしらえていました。裁判所に出る役は河上左右と言う若い人で月給で使われていました。ここの仕事は非常に忙しくって、みんなおひる時になっても御飯など忘れてしまうぐらいでして、お金も大変とれたような様子でございます。残っていますの帳面には、社の出金一年の合計は千六十七円一厘となっております。また、四拾円大東借用、四拾円今泉借用、二十円代言人免許料、参拾円河上給料（五、六、七、三ヵ月分）、四拾円大屋死亡の節借用などとあるのをみますと、そのころのことが目に浮かんでまいります。

この大屋さん（祐義）と言う方が何か時勢を憤慨《ふんがい》して建白書を出した後で、割腹をなさった大さわぎのあったのもその当時でございました。夫の遺した書きものの中に、こういう断片もございまして、そのころの世のさわがしさが思い起こされます。

東洋不平党結合大意

何ヲカ不平ト云フ、吾カ人ノ意志満足セサルヲ云フ。即チ吾カ人カ稟賦ノ権利ヲモ振暢スル能ワス、常ニ圧制官吏ノ支配ヲ憤慨止ムナキノ謂ナリ。然リ而シテ吾カ人ノ不平ヲ満足セシムルニハ何レノ方法ヲ以テスベキヤ。我カ天皇陛下ハ万世不易ニシテ造物主ノ代理人ナリ。吾カ人誰カ尊崇セサルモノアランヤ。陛下ハ吾カ人ヲ見子ノ如ク仁慈ヲ加ヘ給フ。吾カ人モ復タ陛下ヲ拝スル父母ノ如ク奉戴擁護ス可シ。故ニ吾カ人ハ単ニ圧制官吏ヲ鋤除ヲ図リ、善良ナル国会ノ準備ヲナシ、専ラ立憲政体ヲ組織シ、上陛下ノ宸襟ヲ安シ奉リ、下モ吾カ人ノ幸福ヲ享有セントス。抑モ圧制官吏ナルモノハ巧ミニ恐レ多クモ

陛下ヲ欺キ、吾カ人ヲモ瞞着シ、吾カ人ノ……

建白書

大東さんと有馬さん（藤太）と夫と、この三人が建白書を引っぱり合っている写真が手もとにございます。この人達が西南戦争の時に、鹿児島としめし合わせて、東京でことを起こそうとしたようですが、それも失敗に終ってその後は副島先生をかしらに、いろいろ政治運動をしておったようでございます。

大東さんは押出しもりっぱで男振りもいいし、英雄ぶって自分が親分だと言う調子をなさる方で、世間でも近江西郷と言われていましたが、一面なかなか情のこまかいところもあって、宅へおいでになったりしても女達にまで愛想よくお言葉をかけなさるといった如才なさは、やっぱり彦根の方だからかも知れません。有馬さんは薩摩の方で、西郷さんのお気に入りでした。「桂文治ははなし家で、有馬藤太は豪傑で……」とうたわれたくらいの方でした。

ある日三人で何か膝をまじえて相談している部屋に、私が知らないでまいりますと、夫は非常に驚いて「シッ、あっちへ行け」とどなるように申しました。私など女はそういう話にはいつだって入れてくれませんから、一切わかりませんけれど、「どんな大事なことであろうと、シイッシイッとまるで猫でも追うようにおっぱらうのはあんまりだ、自分も桂川甫周の娘だ、こんな侮辱を受けてだまっていることはできない」と覚悟いたしまして、お客様が帰ってからさっそく夫に離縁を申し出ました。夫はびっくりした様子でしたが、もしもお前がどうしてもさとに帰りたいなら止むをえない、しかし、いつ何時《なんどき》でもここへもどりたくなったら帰れるように、いつまでもこのままにして置くから安心しておいで、と申して長火鉢の前の私の座ぶとんを指さしました。私は夫の温かい心にふれて、思わずわっとつっぷして「私が悪うございました、わがままをお許し下さい」とお詫びをしたことがございます。ちょうどそのころのものでございましょうか、こんなすりものが今だにしまってございます。

我々日本人カ期約トセント欲スル所ノモノ吾々人面ヲ同フセスト雖モ大要政事ノ点ヲ意
以テ之ヲ度ランニ左ノ個条ニ外ナラサルヘシ

一、国領ヲ鞏固ニス
一、人心ヲ一和ス
一、公義ヲ立ツ
一、外暴ヲ禦グ
一、内安ヲ進ム
一、日本帝国ノ独立ヲ永々ニ保存ス

万般ノ規矩法則律令右ノ個条ニ照シ合セテ之レヲ作ラント希望ス
右ハ副島種臣氏カ子弟ニ示サレシモノナリ仍テ告ク

肥前国　今泉利春
近江国　大東義徹

南洲墓畔

夫はとかく病勝ちで日を送りますうちに、世のさまのうつりかわりははげしく、明治十七、八年ごろの西洋かぶれの時代となって、征韓論当時の同志（当時有志家と申しました）は一人へり二人去ってたいてい政府に身を売ってしまいました。

夫が大学病院にはいっているころのことでございます。友人達が副島先生と御相談して、本人には知らせないで、ずんずん裁判所に勤めるように手続をすませておしまいになりました。ところがそれを誰が今泉に納得《なっとく》させる役を引き受けるかという段になりますと、みんな頭をかかえて鼠が猫に鈴をつけに行くようなものだと大笑いなさいました。それほど頑固《がんこ》な夫も、副島先生のおこえがかりならばとようやく承知して、涙をのんで任地讃岐の高松（当時愛媛県）へたちました。

百年愛爾躬

千載賞君衷
但応慎霧露
行将永奉公
送今泉子之讃州
副島種臣草

この詩はその時先生が夫に下さったものでございますが、師弟の情が言外にあふれているように感じられます。

それから最後は鹿児島で検事正をいたしておりましたが、種子ヶ島の監獄の視察にまいりましたところ、囚人の間に赤痢がはやっていましたけれど、係りの役人はいやがっていますのを見るに見かねて、自分が手を下して世話しましたために、それに感染して帰りの船の中で発病しましたが、その時よほどひどかったと見え、辞世の歌まで詠んだそうでございます。

たらちねの帰らぬ旅と知らずして　あすとや待たん河原なでしこ

官舎に帰って数日の後、明治二十七年の天長節の翌朝早く、夫は五十一歳の生涯を終りました。ちょうど夫の心にかけていた日清戦争も皇軍の連戦連勝で、その吉報をききながら何とも言えない歓びと平和の中に世を去りました。佐賀の葉隠れ武士の血を受けておりました夫は、「武士は死んでも桜色」とふだん口癖に申しておりましたが、その最後のうつくしかったこと、私は今も忘られません。副島先生が病院長宛に「国のため今泉を死なすな」と電報を打って下さったことも、忝《かたじ》けない涙の思い出でございます。

私は夫の心の中を察しまして、西郷先生はじめ征韓論の方々が葬られていらっしゃる浄光明寺の墓地内に入れていただきたいと申し出ました。ここは十年の役に戦死した者以外は、たとえ殿様の島津どんでもお入れしないと言う厳重な定めがあったそうですが、河野主一郎さんなどと言う親友のお骨折りによって、戦死同格という扱いで、夫の霊は懐しい南洲先生のおそばで永く永く同志と枕を並べて皇国をお護りしていることでございましょう。すべては夢のように感じます。

関係人物略伝

今泉みね略歴

年号	西暦	数え年	略歴（〈　〉内は本文参照見出し）
安政　二	一八五五	1	三月三日ごろ甫周二女として江戸築地中通りに生る。八月生母久邇を失う。五月「和蘭字彙」の刊行始まる〈ズーフハルマと香月叔母〉。十月江戸大地震。
三	一八五六	2	柳河春三より誕生祝の詩画を贈られる。
五	一八五八	4	八月「和蘭字彙」完成。
六	一八五九	5	十月福沢諭吉桂川邸出入〈福沢諭吉さんのお背中〉。
万延　元	一八六〇	6	三月井伊大老殺さる〈御維新の下地〉。五月木村摂津守帰朝。おみやげを受く〈更紗とワーフル〉〈新銭座のおじさま〉。
文久　元	一八六一	7	〈浜風〉〈七つの御祝〉〈もたれ袋〉〈あぶりこの火事〉
二	一八六二	8	〈宇都宮三郎さん〉秋、香月ハシカで死亡。十一月主税藤沢家の養子となる〈藤沢志摩守〉。

	三	一八六三	9	〈天下泰平〉父甫周「太平春詞」起稿。五月藤沢志摩守上京。
元治	元	一八六四	10	正月藤沢志摩守上京。三月京都情勢報告〈おんみつ話〉。「半風行」〈虱の殿様〉。父甫周「あま夜のしな定」起草。六月桂川邸築地寒さ橋寄りに移る。七月閉門。
慶応	元	一八六五	11	父甫周「随身巻子」起稿。黒沢孫四郎桂川の養子ときまる。
	二	一八六六	12	〈調練場と西洋館〉〈「花のかげゆききの品評」〉
	三	一八六七	13	〈きつねこんこん〉〈船やどのおかみさん〉徳川慶喜大政奉還。
明治	元	一八六八	14	山川邸にうつる。江戸城明け渡し。山川邸引き渡し。上野の戦争〈山川のおば様〉。
	二	一八六九	15	東京本所割下水森泰郎長屋に住まう〈椎のあらし〉。繕生薬室を手伝う〈初ほととぎす〉。
	四	一八七一	17	大学東校の石井謙道方に預けられる〈縁談〉。
	五	一八七二	18	麹町有楽町大隈重信邸内仮寓の桂川甫策に引き取られる。
	六	一八七三	19	今泉利春と結婚、大隈邸跡に居住〈人生の浮き沈み〉〈夫婦喧嘩〉。
	七	一八七四	20	利春辞職。佐賀の乱起こる。
	八	一八七五	21	利春代言人となり、神田区松田町一〇番地（現在の千代田区神田鍛冶町二丁目一六番地）居住。
	一〇	一八七七	23	西南戦争起こる。利春下獄。有楽町二丁目一番地に移る。
	一一	一八七八	24	利春京橋区加賀町一六番地に居住〈煉瓦〉〈建白書〉。

一二	一八七九	25	〈事をともにする者〉
一九	一八八六	32	利春検事任官。讃岐高松居住。
二七	一八九四	40	利春鹿児島で病死〈南洲墓畔〉。
昭和一〇	一九三五	81	雑誌「みくに」に「名ごりの夢」を口述、寄稿。
一二	一九三七	83	四月十日鎌倉自邸で脳溢血で死亡。

桂川家の人びと

甫筑[1]（邦教）—甫筑[2]（国華）—甫三[3]（国訓）—甫周[4]（国瑞）—甫筑[5]（国宝）—甫賢[6]（国寧）
- 甫周[7]（国興）—みね
- てや
- ゆた（香月）
- すへ（山川）
- 甫策[8]—甫安[9]
- 次謙（藤沢志摩守）

初代　桂川甫筑（邦教《くにみち》）　寛文元年大和に生る。旧姓森島、名を小助という。蘭方の始祖嵐山甫安に従い、のち長崎に遊び、アルマン及びダンネルについて外科を学ぶ。甫安は小助の才学を愛し、「桂川は嵐山の下を流れ、末は大河となる。今後桂川姓を用いよ」と命じて学統をつがせ、小助は通称を甫筑（甫竹）と改めた。元禄九年甲府城主徳川綱豊の侍医となり、綱豊がのち六代将軍家宣となると奥医師となり法眼《ほうげん》に叙せられた。元来幕府の医官には、奥医師、奥詰医師、御番医師の階級があり、各二十余名の医員が昼夜交代でつめきる。奥医師の首席は宮中から法《ほう》印《いん》（内科に限る）、次席は法眼（外科）の叙任があり、道中には長柄《ながえ》の駕《かご》に乗り、駕かきの陸尺《ろくしやく》四人、駕脇侍二人、薬箱持ち一人、傘持ち、挟箱持ち、袋杖持ち、草履取りなど、すべて十一人の供方を備え、旗本などと行きあうときに道を譲らせるほど幅をきかせたという。

正徳四年老女江島の事件で御《み》蔵《くら》島に流された奥医師奥山交竹院の依頼を受け、甫筑は老中に談判して島民の願い通り回漕船を江戸に直送する許可を得た。享保十年のことである。延享四年八十七歳で歿す。芝二本榎の上行寺（今の明治学院下）に葬る。遺品中に「阿蘭陀一薬功能」という手書本があり、「メストル　アルマン伝之」と付記されている。

二代　桂川甫筑（国華《くにてる》）元禄十年生る。邦教の長男。通称ははじめ甫三のち甫筑、幕府の侍医で法眼。安永十年歿、八十五歳。

三代　桂川甫三（国訓《くにのり》）通称ははじめ甫謙のち甫三、また甫筑と改む。国華の長子、享保十五年江戸に生る。幕府侍医、法眼であった。青木昆陽について蘭学を学ぶ。前野良沢、杉田玄白と友人で、「解体新書」は彼の推挙により将軍に内献した。天明三年歿、五十四歳。著述は「瘍府」七巻、「外科方籔」十巻。

四代　桂川甫周（国瑞《くにあきら》）国訓の長子、宝暦元年江戸に生る。月池と号す。二十一歳で「解体新書」

の翻訳に参加。ツンベルグについて外科術を学び、その名は海外にも高かった。幕府の侍医で法眼となる。寛政四年ロシアから漂流民光太夫、磯吉が送還されると、将軍家斉よりその調査を命ぜられ、「北槎聞略」を作って献上した。その他「漂民御覧之記」以下、外国地理に関する訳著がある。文化六年歿、五十九歳。

五代　桂川甫筑（国宝《くにとみ》）　はじめ甫謙、中ごろ甫周、晩年に甫筑となる。明和四年江戸に生る。多紀道訓の子であるが、幼少から国瑞に養われ、その妹と結婚。将軍の侍医で法眼。文政十年歿、六十一歳。

六代　桂川甫賢（国寧《くにやす》）　国宝の長子、寛政九年生る。字は清遠、号を翠藍または桂嶼と称す。通称ははじめ甫安、のち甫賢という。大槻、宇田川の諸大家に伍する蘭学者で、ズーフからボタニクス（植物学者）の蘭名を受け、またオランダ人ブロムホフ及びフィッセルと交わった。文政八年甫賢は弟子鈴木周一を長崎のシーボルトのもとに遣わして従学させ、翌九年四月シーボルト来府の時彼と学術上の意見を交換した。シーボルトは日記中に、甫賢から得た乾腊《かんせき》植物がすぐれていたこと、甫賢がヨーロッパの学問の愛護者で学識高いことなどを特記している。甫賢は「花彙」を蘭訳してシーボルトに手渡したが、その見事な筆蹟、訳文の流暢闊達、文法上の誤りの少ないこと、語彙の豊富なことは驚くべきものであったという。甫賢は同年五月「山猫図説」を著し、また同十一年「画黄説」の稿が成った。二稿とも大槻玄沢が激賞した研究であるが、未刊のまま遺品中にある。甫賢は西洋人が最初に東洋に建てた学会「バタビヤ芸術科学協会」の通信会員となり（岩生成一博士述「日本最初の西洋学会会員」による）、その後シーボルトとともに王立和蘭園芸協会を設立しのち爪哇《ジャワ》の植物園長となったライデン大学教授フリューメが、甫賢の研究を知って甲秘丹《カピタン》ビッキに託して手紙及び書物五部に植物の種子を添えて贈ってきたが、甫賢は国情により受けられないと謝絶した（自筆の草稿による）。

天保二年法眼、同十二年外科医師取立。弘化元年十二月六日歿、四十八歳。妻はさとまたはかんといい、山田守快の長女ではじめ大島家に嫁したが故あって去り、のち甫賢の室となり、国興、てや、ゆた、すへ、国幹、国謙を生んだ。

甫賢は博学で漢方、洋方に通じ、また詩・書・画をよくし、当時の文人達と往来した。甫賢の随筆「随身巻子」の中に「美濃に三百年来の老狐あり、書をよくし、梅庵といふ」とあり、その書の写しをのせている。彼の動物愛好癖が知られる。

七代　桂川甫周（国興《くにおき》）　文政九年、甫賢の長子に生る。はじめ甫安、のち甫周と改め、月池と号す。二十一で御奥医師（外科）となり、ついで法眼に叙せられた。奥医師は家禄二、三百俵、役高百俵ぐらいであったが、公卿に準じて地位は非常に高く、参議、納言《なごん》にも匹敵したという。嘉永二年、蘭方使用禁止令が出たが、外科の桂川家だけは自由に蘭学研究が許されていたので、蘭家伊東玄朴らは同志とはかって一時甫周に入門し、時機を待った。嘉永六年六月、愛顧を受けた将軍家慶が亡くなった。これより先文化九年ごろから、長崎蘭館長ズーフは、フランソア・ハルマの蘭仏辞書を原典として、蘭日辞書の編さんに着手し、彼の帰国後は幕命によって通詞吉雄権之助らがこれを継続し、前後二十年を費して天保四年に完成した。いわゆる「道富《ズーフ》ハルマ」がこれである。しかし、幕府はこれを世に伝えることを許さず、長崎訳官及び天文台と、これを管掌する桂川家とに各一部をおかせただけであった。甫周はハルマ刊行が国防上必要であることを痛感し、その翻刻を一生の事業と信じて、御咎めもかえりみず、若年寄遠藤但馬守とくり返し激論し、安政元年ついに幕府の公許を得た。翌二年正式に刊行事業に着手し、甫周みずから総轄の任に当り、実務は弟甫策が主管して、香月、主税ら一家をあげて校訂に務めた。これを助けた者は、甫周の母方の叔父金田八郎兵衛、柳河春三、柳下震達、石井久吉（謙道）、足立銑蔵らである。当時の甫周の手帳に、ハルマの費用として、安政三年七月までに二百六十五両を支払った旨の記事がある。苦心の末、安政五年八月に完成し、「和蘭字彙」と題して十五部を蕃書調所に献じ、甫周は黄金をほうびに賜った。文久元年、シーボルトが江戸に再来した時、甫周とあった。同年西洋医学所（東大医学部の前身）の教授となる。元治元年三月二十五日、甫周は歩兵差図役小西従次郎の拝領屋敷である築地飯田町の地面千二百坪を譲り受けた。本文の鉄砲洲の邸である。ここは現在の中央区小田原町一丁目三番地付近で、明石橋（昔の寒さ橋またはさんさ橋）下から海へ流れこむ幅広い堀川に沿う角屋敷で、路を隔てて隣は小笠原長門守の邸であった（今は消防署がある）。堀川の向う岸は奥平侯の邸で、その長屋に福沢諭吉の住居があった（今の聖路加病院の敷地内）。以前の築地中通りの邸（今の築地二丁目六番地、都電通りに面する所）は、三百坪ぐらいの手ぜまな拝領屋敷であったが、初代（少なくとも享保ごろ）から代々住み続けたものである。

甫周は維新後隠居し、浅草に繕生薬室を開いて医事衛生の普及をはかり、みずから「東京医事新聞」を発刊し、さらに「東京医事新誌」の印刷局長として、医学を社会化することにつとめた。明治十四年九月二十五日歿、五十六歳。妻久邇《くに》は木村又助の長女、芥舟の姉で琴川と号し、画にすぐれまた俳句をよくした。甫周との間に著者みねを生む。安政二年八月二十二日歿、二十八歳。

八代　桂川甫策　甫賢の次男、天保三年（壬辰）生る。幼名達次郎、のち国幹と改め、淳斎と号した。語学に通じ、「和蘭字彙」の改訂出版の主幹として努力した。舎密《せいみ》学（化学）に志して名あり、蕃書取調所教授方に出仕し、慶応二年開成所の蘭学化学二科の教授となる。同三年竹原平次郎、堀尾用蔵らとともに「化学入門」を著し、また「法朗西《フランス》文典字類」を編した。これよりさき「化学通覧」「化学問答」「化学記事」の著があり、わが国で著書に化学の語を用いたのは彼が初めである（清水藤太郎「日本薬学史」による）。維新後家督をつぎ、徳川慶喜に従って沼津に移ったが、のち召されて大学南校教官（化学）となる。明治五年太政官正院八等出仕、文部少翻訳官などを経て辞職し訳述に従事した。明治二十二年十月十九日瘍《よう》を病み五十九歳で歿す。妻良との間に嗣子甫安あり。

桂川てや（御殿のおば）　甫賢の長女、文政十二年に生る。天保十一年十二歳で大奥女中見習いとなり、同年呉服の間（裁縫方）を仰せつけられ、翌十二年一位様（十一代将軍家斉の未亡人広大院）の御中﨟《ちゅうろう》となる。この勤めは御側に侍して表役の御取次などをする役で、破格の栄進であった。天保十五年五月十日暁に千代田城本丸炎上、老女花町の跡を追って火中に投じた。行年十六。「事々録」（未刊随筆百種第六巻所収）中に関係記事がある。

桂川香月（ゆた）　甫賢二女、天保元年（?・）生る。文久二年麻疹《はしか》で歿す。

藤沢次謙（志摩守）　桂川甫賢の三男で天保六年築地に生る。幼名静象または甫悦、のち主税と改めさらに長太郎という。本名ははじめ国謙のち次謙と改む。安政三年講武所砲術教授方仕役（十人扶持）、文久二年軍制取調御用を命ぜられ、三兵の洋式を採用した。この年藤沢九太夫次懐の死去に臨み急養子となって跡目を相続し、講武所頭取に進み、ついで歩兵頭となった。二十九歳で家禄千五百石、場所高二千石、諸太夫の地位にのぼる。文久三年、将軍家茂に供奉して上京、元治元年将軍再度の上京に当り、京都守衛のため随行した。本文「おんみつ話」中の手紙は、三月二十四日付で次謙が甫周に報告したもの。書中に竹内西坡とあるのは玄同で将軍の侍医、シーボルト門下の秀才である。中村敬輔は敬宇（正直）で、甫周から蘭学を受けた人。小林雄蔵は宇都宮三郎とともに、洋書調所製煉方出役の御家人で、摂津海岸に要塞を築く役目に選抜されたもの、コックはイギリス大使オルコックである。

　次謙は同年六月十三日帰府、歩兵奉行（役高三千石、席次は御勘定奉行の上）となり、筑波山事件鎮定に向ったが、七月十二日帰府、戦況報告の際激越な言葉があって御役御免、寄合逼塞《ひっそく》を仰せつけられ、十月一日にこれを免ぜられた。慶応元年軍艦奉行並、同二年軍艦奉行に進み、同三年歩兵奉行、陸軍奉行（役高五千石）となり、慶応四年正月、陸軍副総裁（若年寄格）となり、総裁勝安房とともに幕府の支柱となる。維新後、駿府及び沼津に移り、権少参事沼津学校掛となり、間もなく辞職。茶の栽培に失敗し、明治五年太政官出仕、大議生となる。七年左院四等議官、八年元老院書記官、九年同権大書記官、十年辞官して、余生を絵筆に託した。梅南または臥雲山房と号す。十四年五月二日歿、四十七歳。妻鏡との間に、玄吉、楨次郎、静象、お運の子女あり。

山川すへ 甫賢の三女、江戸本所割下水に住む幕臣山川伊十郎に嫁す。維新後駿河へ移住し、明治三年没す。梅（服部久米之丞に嫁す）、浩輔、えいらの子女がある。

木村又助（御浜奉行） 名を喜彦、号を柳圃という。祖父喜之以来浜御殿奉行を世襲する。みねの生母久邇の父。

浜御殿は今の浜離宮で、将軍の保養所としてシギ猟や魚釣りの遊びが催され、水馬水泳の閲覧があった。またここに染色、製薬の工場があり、奉行はこれを管理するほか、日光の朝鮮ニンジン、伊豆のクスノキ林及び薬園の視察、東海のサトウキビ栽培及び製糖に関する御用も兼ねていた。

木村芥舟（摂津守）（新銭座のおじ） 名は喜毅、楷堂と号す。又助の長子で天保元年に生る。安政二年二十六歳で御目付となる。同四年長崎で海軍伝習の監督に当り、同六年新設の軍艦奉行並となった。当時日米修好条約書交換のため、新見豊前守一行がアメリカに派遣されたが、木村はその警護と伝習学生の航海練習をかねて軍艦咸臨丸を派遣することを主張し、みずから軍艦奉行として乗艦した。指揮官に勝安房、従者に福沢諭吉がいた。万延元年一月十九日出帆、二月二十六日サンフランシスコ着、三月九日同所出帆、四月十四日江戸到着。百馬力の帆船で太平洋を横断したのは未曽有の壮挙であるというので、木村は一生扶持二十人口を賜った。文久三年、海軍拡張の急を建白したが入れられず、辞職した。本文中の「世の憂を」の歌はこの年三月のものである。元治元年開成所頭取となり、軍艦奉行、海軍所頭取、勘定奉行に進んだが、

維新後隠退し、芥舟と改名。明治三十四年十二月九日歿、七十二歳。

桂川家にゆかりある洋学者

柳河春三　天保三年名古屋に生る。名は春蔭、諱は朝陽または暾、号は楊江という（柳川春葉とは関係なし）。西洋砲術家上田帯刀の門に出入りし、安政三年江戸に出て桂川家に出入りし、「和蘭字彙」の校訂にも力を添えた。安政四年「洋算用法」を出版。同五年蘭学所に出勤。このころから桂川邸を中心として、成島、宇都宮、神田らの新知識と交遊し、甫周を Sinnamon（新右衛門）または Kaneel Master と呼び、自らを Good man（臥孟）または Box man（箱屋）と称した。

文久三年ごろから、外字新聞の日本関係部分を翻訳して「筆写新聞」を創刊し、会訳社を作った。元治元年開成所教授方となり、かたわら「写真鏡図説」（最初の写真術の著）「法朗西《フランス》文典」「智環啓蒙国字解」などを出版、これらの翻刻には常に桂川家が協力した。慶応三年わが国最初の雑誌「西洋雑誌」を刊行し、同四年二月「中外新聞」を出す。同二月開成所頭取、明治二年大学少博士となり、同三年歿、三十九歳。

春三は天才で、蘭・英・仏・独語をすべて独学で自由に駆使し、みずから一書を読み別に一書を訳し、その間に数人と弁舌流れる如くに語ったという。和歌に秀で、書にすぐれ、また端《は》唄《うた》の作者としても名高く、しばしば名吟を作った。本文「柳河さんのカンカンノウ」にあるオランダ語まじりの唄は、恐らく彼の戯作《げさく》であろう。大島蘭三郎氏の教示によれば次の通りになる。

イキ（私）はミネル（恋）にハルレン（落ちる）したが、コストロース（ただ）でベターレン（勘定する、払う）

ミュントロース（金がなくて）にシカーメン（恥ずかしい）

宇都宮三郎　天保五年、尾州藩士神谷義重の三男に生る。名は義綱、通称鉱之進。上田帯刀に西洋砲術を学び、国防の見地から舎密学に志した。安政年間江戸に出て洋書調所教授手伝（製煉）となり、火薬、摩擦管などの国産品を工夫した。舎密学を化学と称するに至ったのは三郎の主唱によるともいう。慶応元年長州征代の時脊髄の最終骨を痛め、不治の宣告を受け、江戸に帰って病を養ううち維新の変革にあった。この間フランス人モルリー、オランダ人ハラタマ、イギリス人ポードインらの治療を受け、また桂川邸内に西洋館を建てた。

明治二年開成学校出仕、大学中教授となる。五年工部省六等出仕、イギリス及びアメリカへ機械購入のため派遣され、十七年工部大技長を辞職し、民間工業のために尽力した。同三十五年歿、六十九歳。

明治初年、鉄道・港湾等の大工事にイギリスやドイツから莫大なセメントを輸入するのを憂い、苦心の末明治七年深川の工作分局で国産品製造に成功した（浅野セメント会社はその後身）。わが国の主要な化学工業の隆盛は、三郎の発意創業に基因するものが多い。

神田孝平　天保元年美濃に生る。蘭学を専攻し、開成所出仕。明治元年徴士、その後兵庫県令、文部少輔などを歴任、男爵となる。明治三十一年歿、六十九歳。「数学教授本」「和蘭《おらんだ》政典」等の訳書がある。「経済」という訳語は彼が採用したもの。雅号唐通または唐華陽の由来は、「かわいけりゃこそ神田から通う」の唄を漢字にあて、「河淮経略姑蘇監田唐通（唐華陽）」としたのによる。

成島柳北　天保八年江戸に生る。名は弘。騎兵頭、外国奉行会計副総裁を歴任し、維新後、朝野新聞社長として活躍、明治十七年歿、四十八歳。

福沢諭吉　天保五年豊前中津に生る。安政五年江戸に出て、桂川邸に近い築地鉄砲洲に蘭学塾を開く（慶応義塾のはじめ）。桂川邸に出入し、甫周の紹介で木村摂津守の従者として、万延元年アメリカに赴く。さらに文久元年遣欧使節に随行。明治二年「世界国尽」成る。号を子囲といい、戯名を緇《し》衣《い》と呼ぶ。

水品楽太郎　詩をよくし、梅処と称す。文久元年遣欧使節一行に調役として加わる。明治六年左院三等議正となる。戯名を多奇児《タキール》、多喜次郎（W. K. Takidy）、灅東新正文などと称した。

箕作秋坪　文政八年津山に生る。箕作阮甫の養子。開成所教授職となり、遣露使節に随行した。明治後、教育博物館長、図書館長となり、明治十九年歿、六十二歳。奎吾、大麓（菊地）、佳吉、元八の四男はみな秀才といわれた。

石井宗謙　寛政八年美作に生る。勝山藩士。シーボルトの門に入る。嘉永六年幕府侍医となる。謙道、梅次郎の二男があり、他にシーボルトの遺児伊《い》禰《ね》子との間にたきがある。

石井謙道　宗謙の子、名は久吉、のち信義と改める。父宗謙に従い甫周の門に入る。さらに大阪の緒方洪庵につき福沢諭吉と親交があった。幕府医学所教授、維新後、大学少博士、大阪医学校長歴任、大学東校、帝大医学部の前身に出仕し、文部中教授であった（東校は和泉橋付近藤堂邸跡）。明治十五年歿、四十六歳。

黒沢孫四郎（河津祐之）　嘉永三年生る。三河藩士。英、仏語に通ず。維新後養子となり河津祐之と改む。逓信次官となり、明治二十七年歿、四十五歳。「仏国革命史」の訳著あり。河津暹博士はその嗣子。

副島種臣とその一党

枝吉神陽　名は経種、南濠の長子、文政五年佐賀に生る。江戸の昌平黌に学び、舎長となったが、国学に志し天下を遊説して尊皇論を鼓吹し、帰京して弘道館国学教授となった。大木民平、古賀一平、江藤新平、大隈八郎らが門下にある。嘉永六年、ペリー来航に際し、実弟副島二郎（種臣）を京師に遣わして討幕を謀らせたが、二郎が幽閉されて果さなかった。文久三年八月十五日歿、四十一歳。神陽は容貌魁偉で、大西郷以上の人物であったと大隈重信が追憶している。

副島種臣　枝吉南濠の二男で、文政十一年佐賀に生る。幼名二郎。号は蒼海または一に学人、のち副島家を継いだ。兄神陽の歿後は藩学を指導して、皇道精神をひろめた。元治元年、長崎の致遠館の学生監督となり、かたわらフルベッキから憲法、聖書などを学ぶ。明治元年参与、二年参議に進み、維新当初の制度を定めるのに力があった。三年以降、樺太問題で対露強硬外交を主張し、四年みずから外務卿となる。六年特命全権大使として中国に赴く。副島は征韓論の発議者で、十月には同志とともに下野し、九年アジア問題研究のため中国に渡る。十一年帰国後一等侍講となり、明治十九年侍講職廃止までその職にあった。十七年伯爵、二十一年枢密院に入り、のち副議長となる。在職十八年の間に、松方内閣の内相となったこともある。明治三十八年一月三十一日歿、七十八歳。

家永恭種　佐賀藩士、幼名又八。副島種臣に従い幕末奥羽に転戦し、維新後佐賀に留って郡長を勤めた。征韓論者で時流に合わず不運であった。その後上京して種臣の腹心であったが早世した。

大東義徹　天保十三年彦根に生る。戊辰戦役には奥羽に転戦。維新後藩の少参事、明治四年に海外留学生となり、五年七等出仕、六年に権少判事となったが、征韓論により辞職。十年に西南戦役が起こると大阪で捕縛され、のち今泉とともに代言人として法律鑑定に従事した。二十三年第一回議会の代議士に選ばれ、三十一年隈板内閣の司法大臣となった。三十八年歿、六十四歳。世間では彼を近江西郷と呼んだ。

有馬藤太　名は純雄、天保八年鹿児島に生る。明治となって東京府参事、司法省六等出仕、少判事の職にあったが、征韓論をとなえて下野、海老原（穆）、今泉、大東らとともに桐野と通じ、十年大阪で捕われた。出獄後西郷の遺図をはかったが失敗、大正十三年歿、八十八歳。

大屋祐義　天保五年上野国館林に生る。幕末志士として活躍し、維新後神奈川県少参事、司法省出仕となり、意見建白十回に及んだので「建白屋」とあだ名された。十年の役に島本仲道らと事をはかり、拘留されて失明した。明治十二年その著「永世特立論」「訐姦志」を宮内省に献じ、十二月自刃した。四十六歳。

今泉利春　弘化元年佐賀に生る。歌人満春（露磨）の長子で幼名は播磨《はま》次郎または源治。家督を異母弟八洲一郎に譲るつもりで出家したが、のち神陽の推挙で武士にかえり、副島種臣に従った。明治三年中佐賀藩副大隊長、佐賀藩大属、少参事を歴任、さらに太政官より伊万里県出仕を申しつけられ、同県権典事として東京出張。四年二月依願免官、大隈重信邸（築地）内に寄遇。明治五年八月司法省九等出仕、六年二月司法権大解部、十一月明法権大属となり、このころ桂川甫周の女みねを娶った。七年一月征韓論の同志と運命をともにして辞職。同二月江藤新平が佐賀に兵をあげると、代言人であった今泉は、東京にあって情報係としてこれと通じた。江藤の参謀長である山中一郎から、徳久恒徳、今泉利春にあてた戦況報告の密書が、途中福岡で官軍の手に落ちたため、今泉は検挙された。明治十年西南役の時、大東、有馬らと大阪城占領を計ったが、あらわれて東京で下獄した。役後副島を擁して大陸政策を実行しようとし、同志大東、有馬らといわゆる「煉瓦」（中央区銀座西七丁目）に代言人事務所を開き、かたわら民権運動に従事した。明治十九年松山始審裁判所高松支庁詰検事に補せられ、宇都宮、千葉、浦和、長野を経て、二十七年一月鹿児島地方裁判所に検事正として赴任。同年十一月四日歿、五十一歳。

解説

『名ごりの夢』について

金子光晴

歳月といっしょに、とうのむかしに飛びちったはずの香気や、いのちが、紙魚《しみ》の住家からいきづき、ほのぼのと匂《にお》ってくるのはゆかしいものだ。

『名ごりの夢』を口述した、今泉みねという、八十何歳かの老女のなかに、若い日の記憶が色褪《あ》せもせず、かくまであざやかに、――たとえ、それが刻明に正確でなかったにしろ、生きながらえていたことは、キューリアスという以上に、なにか、〝人間の信頼〟につながることのような気がする。今泉みねがものがたるむかし語りは、彼女がまだ初々《ういうい》しい娘のころのなつかしいおもいでであって、ちょうど江戸三百年の花の舞台が、龕灯《がんどう》返しになる直前の、落日の余映に染まり、名ごりの夢の一つ一つが昇華して、それがもう、なおざりなおもいでではなく、こころの隅のかいやぐらとなって、その後のつらい世渡りの、精神の支えの役割をしてきたことを、考えからはずしては、老女のもつパッションを理解できないだろう。

彼女じしんも、この本のなかで、〝江戸はあんまり泰平に酔っておりました〟といっているように、将軍のお膝元の人たちは、武士町人の別なく、足もとの地盤の土崩瓦壊もうわのそらで、花に酔い、月にうかれて、あそびくらしていた。廃怠的で、ゆきづまっていたとは言い条、江戸ぐらしは楽しかったらしい。末端的であるにしても、江戸人は、巴里人が世界のみやこ人と自負するとおなじように、洗練されたじぶんたちの文化に誇りをもち、江戸っ子に生れたことの幸福《しあわせ》だけは疑わなかった。東京人のほうが、江戸人よりしあわせなどとは、めったに言いきれるものではない。江戸を東京に変えた人間たちの進歩主義が、一面、お粗末で、無慈悲なものであったことも、真実である。ともかく、江戸は、一朝にしてくずれ去った。ゆく先を見通すものがいたとしても、ほどこすべがなく、諦観に徹して、世の終るその日、その時まで、月に雪に風流のつどい、青楼に花を手折り、小紋の新柄がどうの、鯉こくは、柳島の橋本が食わせるの、伊藤潮花は講釈では日本一だの、いや、おいらはなにがなんでも如燕だのと、趣味とあそびにあけくれして、気に入らぬことは笑いとばし、しゃれのめしてくらすよりほかにしかたがなかったろう。時代が明治に入って二十年、三十年たっても、江戸人のなかには、むかしのほうがよかったとおもい込んでいる旧弊、頑固ものが決して少なくはなかったことを僕は知っている。僕がまだ少年のころ、五十歳、六十歳ぐらいの年配の人のうちには、将軍びいきがいて、徳川の狸親爺《たぬきおやじ》などと口にすると、『公方《くぼう》さまのことをもったいない』と、子どもの僕らをつかまえて、真顔になって怒るものがいた。子どもの僕だから安心してのことかもしれない。断髪令も程遠い、明治の末期になっても、丁髷《ちよんまげ》を切ろうとしない未練な老人たちもいた。堀之内詣りのみずみずした大銀杏《おおいちよう》の人を僕はみたことがある。僕の曽祖母なども、大の大江戸びいきで、みるもの、きくもの、いまが気に入らぬらしく、小言婆さんと言って家人にひんしゅくされていた。一概にそれを、年寄りの昔びいきとして片付けていたものだが、明治育ちのわれらが、文明開花の明治が、因循姑息の旧時代よりわるいわけはないという、教えこまれた先入感をもっていたためだ。明治になってから教育をうけたものは、新しい支配者の一方的な強引なアイディアで、一つの鋳型《いがた》に篏《は》められ、選択の自由より以前に、選択の方向がきめられているといったわけであった。僕らが育った『聖代』とは、そういう時代だったのだ。どこの革命政権でも、それは同断だ。新政府に加担する学者たちは、歴史をいつも一方におしまげる。

江戸はまだ近い時代だから、のこっている文献や、記録にもことを欠かないのに、実情が身近かでなく、とりこぼしや、ばかげた誤解が多いのは、故意の抹殺政策の影響によるものだろう。今泉みねの『名ごりの夢』は、ひかえ目に語ることで、どちらへも片寄らない江戸と、話しかければすぐこっちをふりむきそうな近い場所で、江戸人の顔々をうかびあがらせ、僕らの偏見や、誤った先入感を訂正してくれる。当時まだ小娘のみねが、時代を公正に認識し、卓越した洞察力をもっていたように考えることは、いかにばかげたことか。もしこの本をよんで、しらずしらずに当時の実情を解明し、無言のうちにそのころの生活感情や、時代感覚、それよりもっと奥ふかいところにあるものまで、沁《し》みこむようにわからせてくれることに不審を抱くならば、一に彼女の育った環境の力と答えるよりほかはあるまい。つまり、その環境というのは、彼女の父祖の家が、代々の将軍のプライベートな生活にタッチする奥医師の家柄で、かたちばかりの幕臣達とは比較にならないお互いの親近感をもっていたことと、桂川というその家が、おなじ奥医師のなかでも、たった一軒の公認の蘭方医で、ことあるごとに他の奥医師の嫉視を買い、迫害もうけていたこと、それから、もっと大事なことは、桂川代々の当主が幕府蔵書の蘭書をよむことをゆるされていたので、西洋の事情、世界の大体の趨勢に通じていて、進歩的な人々に同情的で、事実、蔭ながらの力になっていたことで、その点、相矛盾するようにもみえる非常にデリケートな立場にあったことである。『名ごりの夢』は、みねの父甫周のもとに出入りするその進歩的な書生たちのおもいでに、それが主軸になっているといってもいいくらい、大きなスペースをとって書《しる》されている。この本の自由なたのしさは、むしろ、このむずかしい時代の、むずかしい関係の人々を、少女のころのかえらぬ過去をふりかえり、なつかしむ、その感度の素直さ、愛情ふかさ、こまやかさにあるのだ。いまとなっては、その心配もすでに杞憂《きゆう》にすぎないかもしれないが、維新政府のイデオロギーで歪《ゆが》められた歴史観で、過去を過少評価することや、公式的な理論をやたらにふりまわして能事とするようなことは、禁物。この本は、なんといってもいきのいい、なまものである。鮮度と、味を落さないようにして食べることがかんじんだ。

みねの母の久邇《くに》は、木村又助の娘で、将軍の声がかりで、甫周のもとにきたが、琴川と号して、画や、俳句にも巧みな、なかなかの才媛《さいえん》だったらしい。みねを生むとほどなく早逝してしまった。『名ごりの夢』のどこをひもといてみても、著者のまぼろしの母に対する感傷のようなものは、ひとつも見出されない。ふれていることばさえないのは、彼女が、いかに父の愛に大きく庇護されていたかを物語っているようだ。母のない娘に、母の分をも加えた尋常ならぬ父の愛情がそそがれていたことは、著者が父をかたるときの、ことばのはしばしをみれば、よくわかる。その上、桂川家のよそにない、のびのびとした家庭の空気が、この娘をしくしくさせる理由《わけ》がない程だったのだ。

尾佐竹猛が、この本（昭和十六年長崎書店刊）の序文で言っている通り、『生粋な江戸生れであり、社会的に高き地位にあって、しかも新文化の最高峰に位する家柄の出身である。普通、江戸っ子といへば、庶民階級の家庭であり、花柳趣味の横溢せるものを指すに反して、立派なる教養ある家庭である。さりとてまた、山の手の武士の家庭生活と称せらるる儒教的道学者的生活とも異なり、新しき自由なるホームである』ということに、一応あやまりはない。それならば、こうした異例な家庭の雰囲気が、どうしてできたかを考えてみるとき、桂川家が、初代甫筑（一六六一〜一七四七年）からみねの父の七代甫周（一八二六〜一八八一年）にいたるまで連綿とつづいた、日本国中蘭学者の総本山ともいうべき名家で、新知識を独占しているような家柄であったこと、教養といっても当時の知識人とは世界がかけはなれていた、そのことがなかなか重大なのだ。解放的な気分は、洋学者の視界のひろさから当然うまれるものにちがいないが、同時に、彼らの現在いる世間と、じぶんたちの場を併立的に考えるとき、ひろいとおもった視界はたちまち、狭いじぶんたちのなかだけに閉じこめられ、孤立の空井戸《からいど》にみずからその身を突きおとすにいたる。新知識をひろく公開することを、厳しく禁じられていたからである。しかし、その孤立感が、彼らをニヒルにすることはなく、かえって、彼らの学問の誇りを支えてきた事実は、新知識の重要性が、好む好まぬにかかわらず認められざるをえない方向に、時代がうごきつつあったということによって説明できる。あかるさは、学問上の解放ばかりではなく、わずかながらでも外部からさしこんできていたのだ。蘭方を学ぶ書生たちも、江戸へ来れば、まず、桂川の家を訪ねて教えをきくというのが常法になっていた。玄白も、良沢もそうだったし、長英も、崋山も、御多聞にもれなかった。みねの父の甫周の代には、甫周が恬淡《てんたん》で、おだやかな人物だったので、桂川の邸は出入りする洋学者や、書生たちにとっての楽天地となった。主婦のいないくらしの気やすさもあったかもしれない。逆に、常連の客たちが、この家のにぎやかな雰囲気をつくり出したようにもみえる。

『あの当時の書生さんたちのゆったりさかげんが思いだされるばかりです。まったく日のかんじょうも、時のかんじょうもなく、人のものか、わがものかの区別さえも超然として、頭には、ただ、書物のことがあるばかりといったようでした』と、みねが追懐しているその洋学書生たちが、あつまれば酒宴となり、おどけた芸づくしや、無邪気なあそびで、まだ小さかったみねを笑いころげさせた。その常連は、みな甫周を慕いよってくる連中だが、甫周の弟の甫策とともに、日本化学界の草わけと言われた宇都宮三郎や、新聞界の鼻祖といわれた柳河春三、英学者神田乃武の父の神田孝平、若い福沢諭吉などがいた。宇都宮などは、年は甫周とあまりちがわなかったが、大の桂川びいきで、甫周のそばからはなれたがらず、『あのナア、とのさん。それでナア、とのさん』と、甫周が厠《かわや》に立つといっしょに厠まで追いかけていって、話のつづきをするといったぐあいで、国元からいくらよばれても帰ろうとせず、しまいには、桂川の邸のうちに、日本ではまだどこにもない西洋館の家を建てて住んでいたというのだ。芸づくしのほうは一向だめだが、ふところを本でふくらませ、背幅のひろいうしろ姿でいつもキチンと坐って、甫周の話を熱心にきいている福沢の姿が、みねの話でいきいきとうかびあがってくる。この本のはじまりのほうの『維新前の洋学者たち』は、その人々、そのときどきの印象が、らくらくとかたられていて、この一冊のよみどころになっている。

甫周のところへくる客のなかには、幕臣の成島柳北もいた。菊地大麓や、箕作元八の父の箕作秋坪もいた。その他、遣欧使節に随行した水品楽太郎、大学東校の医学部の教授となった石井謙道など、鏘々《そうそう》とした人たちがいたが、彼らはみな一風変っていた。学問を通じて、国家のゆく末を考えてはいたが、勤王、佐幕の政権争いなどにはひき込まれるのが迷惑な連中だった。学問知識のためには、幕臣の甫周と、立場はちがっていっても抵抗なく交ることができたし、甫周のほうでも、亡妻の弟、木村摂津守芥舟が軍艦奉行となって、咸臨丸で、サンフランシスコにわたるよい機会に、たのみこんで福沢を随員にしたように、平気で便宜をはからってやるようなこともした。政治などを超越した、互いの流通無礙《むげ》なむすびつきというべきだった。ふしぎに自由な空気は、そんなところからはじまるのかもしれない。

徳川家瓦壊のとき、十三歳だというみねの子どもの眼にいちばん印象のつよいのは、やはり柳河春三と、宇都宮三郎の二人だったらしい。朝夕、あそび気分で、冗談だか、本気だかわからないようなことを言っていながら、性根はしっかりしていて、よく勉強する人たちだった。『新聞を創《はじ》めた柳河春三さんと化学を拓《ひら》いた宇都宮三郎さんとは、明治文化の二大恩人だと言う方もございます』と彼女がいっているように、後年になってからも、みねの記憶のなかにこの二人が、誰よりも大きくのこっていたようにおもわれる。『柳河春三さんはとても面白い人で、この方がいらっしゃると家中笑いころげて、そのおもしろいことといったら今でも忘られません。第一容貌も一見人がふき出さずにはいられないようでした。ちょっとした手踊りなどお上手になされ、御酒の席ではあれ、お茶の時ではあれ、御自分のお作りになった小唄などに合わせて遊ばすときの手つきやお身ぶり……』と、春三のかっぽ踊りや、カンカンノウのおかしさを、くり返して語る。宇都宮三郎は、茫漠としてとらえどころがないようで、奇行百出。ことくにゆくならことづけたのむ、と得意の唄をうたっては、そのふしにつれておどりだすといったぐあいだ。しかし、うたうにしても、おどってさわぐにしても、彼らには所謂《いわゆる》、東洋的感傷がなく、超越しているというか、脱化しているというか、からんとしているところが特徴のようだ。むかしの洋学者のもっている、共通な気風のようでもある。僕の親戚にも、讃岐侯に仕えた英学者の家があったが、そこの家庭の人たちも、よく遊び、よく学ぶといった気風が、ぐうたらした日本の家庭とちがっていて、子どもたちといっしょに遊んでいて、うっかり先方が遊び終ったのもしらず、ひとり放り出されたようなぐあいになって困った記憶がある。冷淡にされているような気持にさえなった。それで用心して、無聊《ぶりよう》を味わわされない先に、こちらから切りあげたりしたこともあるが、むこうは、至極平気で、かえって張合いぬけがしたものだった。それとおなじような気流が桂川の家の空気と、そこに遊びにきている洋学者たちの体臭をはこんでくるような気がする。

万延、文久、元治、慶応と、時代が追い込みに近づくにしたがって、風景が閑散になり、虚脱的なあかるさを加えていった。健康な、底抜けのあかるさとは紙一重である。旧文化の小あじが忘れられない江戸市民にとっては、あたらしい風俗や、西洋かぶれな流行は、浅墓《あさはか》で、大人げなくバカげていて、腹が立ってくるのもムリはない。はやり唄などでも、しんみりしたものよりも、とぼけたようなのが多かった。諷刺的なものもないわけではなかったが、もっとナンセンスで、やけくそなものか、新文明を謳歌したものかで、おなじ滑稽《こつけい》でも、江戸末期の放笑とはまったく質がちがっていて、イタリア曲芸団チャリネ一座の道化の爆笑や、ポンチ絵のおかしさのほうに近いものだった。いまでも人が知っている『宮さん、宮さん』『野毛の山からノーエ』『ちょんきな、ちょんきな』『きくらかちゃかぼこきんにょもにょ』『へらへら節』『よかちょろ節』『オッペケペー』と、明治の中期までつづいたそんな唄は、一般的にも大流行で、建設にひまのない連中の、生活の掛声音頭の役割をしたものだった。

唄ぐらい、その時代の理解の鍵になるものはない。みねも、みねの父のもとにくる書生たちも、そんなすっとぼけた唄のはやった、大きな瘡《きず》のいたみとその上にはった新しいあま皮のヒフの、ひりひりする時代を生きていたわけだ。みねは、その時代と人々を、唄によってよびかけ、蘇《よみがえ》らすという賢いテクニックをつかっている。それがいちばん切実で、なまなましいからであろう。このころは、端唄《はうた》のかえ唄がよくはやった。かえ唄は、鬱憤や不平の多い時代に、気を散じるのによい。『雨の夜に日本ちかく、とぼけて流れこむ唐もよう。乗組八百人……』という唐船の大津絵は、いまはもう、うたう人もないようだが、僕らの子どもの時分、父につれられていった吉原のひき手茶屋で、幇間《ほうかん》がうたったのが耳にのこっている。それを柳河春三が即興的に、オランダ語を知っていなければ、なにがなんだか、ちんぷんかんな、鉄砲調練の大津絵につくり替えて、うたったことが書いてある。『春三は天才で蘭・英・仏・独語をすべて独学で自由に駆使し、みずから一書をよみ、別に一書を訳し、そのあいだに数人と弁舌流れるごとく語ったという』と、関係人物略伝にもあるように、才機俊敏な人物だったらしく、興にまかせて、いろいろな唄のかえ唄をつくって唄ったものらしい。宇都宮三郎も、『イキはミネルにハルレンしたが、コストロースで、ベターレン』（コストロースというのは、小遣いのないことだと、みねの註釈がある）というわからない唄をつくっている。洒落本《しゃれぼん》のなかにも、医学生が遊里で、オランダ語で、妓《おんな》のわる口を言うおかし味を書いたものがある。『かんかんのう』や、『かさいのげんべえ堀』や、『きつねこんこん』などの罪のないあそびに、うち興じる春三たちの心中が、それほど単純なものでなかったことはこの本からもよく汲みとることができる。まだ子どものみねにとっては、あいてになってあそんでくれるその人たちの、そのおかしさ、たのしさだけが、耳にのこり、目にちらついて、年月遠く隔っても忘れられず、記述の濃厚な部分となったことも無理からぬことである。一筆あんまとか、ちーばかまとかいう、子どもにとって関心のふかい記述が多いことも自然であり、この本を童心でほのかにあたためているという点も、一面素朴にかえったあの時代をかたるのに、すごくいい間《ま》あいなのである。

父甫周のときめいていたわずかなのこりの時間は、たとえそれが悠忽のあいだにしろ、みねにとって、なにものにもかえがたい、たのしい、ゆたかな、うつくしい、エルドラドーの、つまり言ってみれば、『名ごりの夢』なのである。

『維新前の洋学者たち』につづくみだしは『桂川家の人びと』になっている。

読者は、蘭方の奥医という、風変りな家庭に、気らくに招じ入れられる。桂川の家は、みねが十一歳ぐらいのとき、築地中通りから、鉄砲洲の、小笠原邸のとなりにひきうつっているが、いずれにしても、大きな門構えのひろびろとした邸で、主人の甫周が、けしき、けしき、といってけしきばかりたっとんでいるので、ふしんより植木が先で、古木には、鶴が来てあそんでいるくらい。幽すいな庭のたたずまいで、なんでも千坪以上はあるらしい。鉄砲洲の家では、物見の窓からみると隅田川の水が鏡のように澄んでみえ、花のころになると屋根舟が、三下りかなにか三味線の音をはこびながら、上流へのぼってゆく。川に添うて、桂川の舟つき場があり、舟をこぎだすことができる。主屋のふしんがまだできていないが、茶の間、座敷と、へやがつづいて、洋学書生の誰彼がいつでもあそびにきていて、主人と談笑している。召使も多勢いる。台所から『幾とまえもならんだ倉、そこには、それぞれしるしがついて、これは沢庵、それはお味噌、あれは梅ぼし、切りぼしというようにいちいち入れ所がちがったよう』なのだ。大門のうちには、大きな土べっつい《へっつい》がしつらえてある。ここで、さんぴんたちが、膏薬《こうやく》をつくるために脂《あぶら》を煮つめるのだ。鹿油とか、牛油とか、黄臘や、松脂といったものを煮るのだが、オランダ外科医のおもな役目は、手術と、お膏薬を将軍家に献上することだったからだ。格式ばっていかめしいようで、武家屋敷とちがって暴力のバックのない、ちょっとわけのわからない、のんきなところもあるような、こんな家庭は、誰だって興味をもってみるだろう。他の長袖、奥医師、碁将棋所、お坊主などのようにしきたり一てんばりな、卑屈な雰囲気はもっていない。ただし、奥医師は、位は、法橋《ほっきょう》、法眼《ほうげん》に叙せられ、参議、納言《なごん》と肩をならべるので、旗本たちも、道で駕籠にあえばわきへよけなければならなかったほどであるが、家禄のほうは二、三百俵、役づきになって百俵ふえる程度だったから、表つきほど内輪はなかなからくでなかったようだ。その上威儀を張って、召使も多勢扶持しなければならなかったから、桂川の山吹汁（みそ汁の実が多勢にゆきわたらないので）というほどで、ふだんの食生活などは、質素といってよかった。そうはいっても、桂川のような名家は、代々の基本的な生活保証のうえで、ただくらしている分には、なんの不安もなかったので、みねが、『子ども心にも、父といえばお品のある方というふうに頭にしみこんでおりました。品のいいと申すのも、生活になんにもかかわりがないからでございましょう』と指摘しているのはもっともなことである。ことに、理財に恬淡な甫周は、いっさい用人まかせで、用人のあてがいぶちの小遣いで不足がちにくらしていたらしい。生活になんにもかかわりがないから、などという知恵は、その後の生活でさんざんな苦汁をなめてからのみねでなければ言えないことばだ。甫周のおっとりした性質は、やはり、『とのさん』とよぶにふさわしい、毛並みのよさからくる、無策、無利算なキレイさにつながるもののようだ。

『桂川家の人びと』のくだりだけではなく、『名ごりの夢』の全巻を通じて読者の胸に沁《し》み入ることは、甫周と、その娘のこまやかな父子愛であり、そしてまた、娘のみねがえがいて、永遠の額《がく》におさめた、うつくしい父の肖像画である。

『父は、いかにも情ぶかい人だったとおもいます。歌、俳諧が好きでした。よく申しますが、人好きのする方で、一度あった人は、誰でもいい方だと言います。……いったい奥医は、手足をみがいて、香などたきしめたいい着物をぞろっと着て、駕籠に乗ってあるいていましたから、まるで婦人のようでした。といって、武芸の嗜《たしな》みがまるでなかったのではありません。ただ、公方さまの御手を執《と》るからというので、自分の身はきよめにきよめて、あらぶれないようにしていました』と、みねは、なお、父のルーアンジュをうたいつづける。『御登城となると、用人が声高らかに、「御登城」とよばわると、邸じゅうの者がいっせいに玄関にい並んでおじぎをしてお見送りをする。その前に奥の者だけは、「お支度拝見」というので、私など子どもまでも起こされて、目をこすりこすり、かすかに見おぼえていますのは、白羽二重を何枚も召して、その上に薄物の黒の十徳をきて、金地に松竹梅を描いた扇のような総《ふさ》のついた中啓を半開きにして御手にもって、長袴をつけ、前を上手にさばきさばきあるいてゆかれる姿などは、まるでお芝居そのままの美しさでした』とも言っている甫周は、のこっている写真でみてもわかる、みるから穏厚そうな容貌の人だ。おそらく家の人に、口小言一つ言わないような人らしくみえる。桂川の家では、よく芸者衆がやってきて、三味線をひいて、キャアキャアさわいでいたようなことが、あちこちにでてくるが、もともと江戸には町芸者などというものがいて町内のちょいとした寄合いとか、祝いごとには、たのまれてどこへでもゆくのがしごとで、身上の清潔なことが特色で、良家へ出入りするのを誰も不都合とはおもわなかった。杵屋文左衛門をはじめ、遊芸人も出入りしたらしいが、甫周は、当時の旗本や、勤番武士の弓刀をもつ手で三味線の撥《ばち》をにぎり、刀法の目録よりも、遊芸のゆるしに日夜をはげむというような仲間ではなかった。武弁の家ではないから日常かたくるしいたしなみは口にしなかったかもしれないが、甫周は、決していま言うプレイボーイでもなければ、通人でもなかった。しかし、尾佐竹猛も『江戸っ子といえば、庶民階級の家庭であり、花柳趣味の横溢せるものを指す』と言っている通り、江戸の遊芸の根源は柳暗花明の風俗人情をうつしたものでないものはなかった。享楽文化方面は、財力をもった町人階級から発して、さむらいはそのお裾分けにあずかっていたようなあの時代、やはりまぎれもない江戸人であった甫周は、下卑た下町趣味はなかったが、敗け犬に賭けるセンチがあった。そんなところが、通人の成島柳北とうまのあうところだ。『柳北さんはお旗本の儒者でしたが、父とは大変気が合って、御維新《ごいっしん》後、明治政府に仕えることがいやなので、浅草でいっしょに薬屋をして、金竜丸とかなんとか、いろいろな薬を売り出したことがございます。』天朝に盾つくというような気持はなかったとしても、勢いや利につくことはいさぎよくない性格の甫周は、その点で、柳北と話があったのだろう。彼の好学は、桂川代々のものでふしぎはないが、彼の風流な好尚は、彼の父甫賢ゆずりかもしれない。甫賢は、文雅な性で、詩も、書も、画もみな巧みで、本格的な文人であった。四代甫周の弟に甫粲という人がいて（一七五四〜一八〇八年）名利に恬淡で、前田侯に招かれたが、数ヵ月で江戸にまい戻った。この人は、森羅万象の名で『田舎芝居』『太平楽物語』『小田原相談』などの滑稽本を筆にして知られている。いくらか、この人の瓢々《ひょうひょう》とした血をうけついでいるかもしれない。

おだやかな甫周だったが、その生涯には、二つの大きな事件にぶつかって、甫周の真骨頂を発揮した。一つはズーフ・ハルマ刊行の大事業であり、もう一つは、徳川家の瓦壊であった。「ズーフ・ハルマ蘭語辞典」は、はやくから願い出がしてあったが、なかなか許可が出ないので、甫周はそのために、現職を棒にふってもいいという堅固な決意をしめし、やっとのことで許された。邸内に二階建てを新築し、弟の甫策、妹の香月がおも立って事にあたり、みねの母方の叔父金田八郎兵衛、柳河春三、柳下震達、石井謙道、足立鈫蔵などが助けてほんやくをしたり、職人を指図したり、安政二年にはじまって、丸三ヵ年、四年目にやっと完成した。ズーフ・ハルマの刊行は、甫周の金星《きんぼし》であったが、幕府の崩壊は、彼の生涯の黒星となった。ズーフ・ハルマは、前進的なイミあいのしごとだったが、幕臣としての彼の立場は、運命を将軍家とともにするほかはなかった。この矛盾は、彼として、解決のむずかしいことだったにちがいない。『父は非常に公方さまから可愛がって頂きました。……規則外のお呼びだしで法眼の位をも若くて頂きました。「このわがままを許せよ」と仰せられての特別のお召しかかえだったことを後から知って、父はふかく御恩に感じておりました』、また、『上様御不例の時は大変でした。それこそ甫周は気ちがいのようになって、御薬をもって上るときなど、おたまりで大きな火鉢をとりかこんでつめかけておられる大名たちをまわってゆくまももどかしくて、思わず二つ、三つ火鉢をも人をものりこえて、何尺かとんだのだそうでございます』とあるように、その将軍というのは、家慶のことか、家定のことか、そこのところがはっきりはしないが、個人的な親愛の情がなかなかふかかったらしい。それに、彼としては大磐石《だいばんじゃく》の徳川の治世が、そんなに簡単に御破算になるとはおもってもいなかったことで、日本が開国し、西洋文明をうけ入れるのも、幕府の力でやるものと信じていたのだから、むろん、小娘のみねは、父まかせで、別な見識などもっていたはずはない。長袖といっても、武門に仕える身で、いざというときには武士根性にもどって、一門一党、自刃の覚悟でいた。『男の児には腹を切ること、女の子には自害の仕方を教えますが、たいていは大人がついていて介錯《かいしゃく》をしてくれますから、ただにっこり笑って死んでゆけばいいのです。無茶苦茶に死なないで、りっぱに書置きをして、死体の処置を大人に頼んで死ぬ、こういうことは、よく言いきかされていましたから、子どもでも、コトンとも言わさず静かに死んでゆくことができます。自分は桂川の娘だということだけを、死んでもおぼえていればいいと父が申しました』

御維新のときのことを、『桂川家の人びと』とこの本の標題とおなじ『名ごりの夢』のみだしのなかで、みねは、ショッキングな事実として、感じた通り、おもったままに語っていて、他に類少ない、いき身の維新史をつくっている。『名ごりの夢』のなかには、彼女の眼にうつった江戸の夕栄《ゆうば》えのけしきが遠い日のスライド写真のように、数々示されている。七夕、隅田川、花火の両国、あのころの芝居見物、芸者の話、等々である。

四つのみだしの最後は、『嵐のあと』という題がついている。みねが、今泉利春という佐賀県人の官吏のもとに嫁《とつ》いでからの記述である。今泉は、副島種臣の一党で、有馬藤太らと東洋不平党を結合し、西郷のあとにつづいて圧制官吏をのぞくクーデターを計画したりした。しかし、今泉は、明治の中ごろに物故して、みねの子どもをかかえての苦しい生活がつづく。『嵐のあと』は、夢の破れたあと味にほかならず、もしそのままにもっと語りつづけられていたら、『名ごりの夢』とはまったく別口の、苦渋な現実の体験談としてのこされたことであろう。ゆきちがいのあったのもはじめのうちで、世のよい夫婦の例にならって、彼女も、今泉の好配で、苦労があっても愛情にめぐまれていただけに、克服し、忍ばねばならないことが多かったろう。『名ごりの夢』のあとに『嵐のあと』があることは、効果的に考えて、無意味でないとおもう。『名ごりの夢』を花開かせたのは、『嵐のあと』のながい、辛抱づよい生活がつづいたればこそだと、誰でもひとりでにそうおもうからである。

平凡社ライブラリー版 解説

村田喜代子

今はもう過ぎ去った昔を人が語るとき、異能の話し手は長い歳月を飛び越えて、鮮やかに子ども返りできるものらしい。私は十八歳のとき初めて『名ごりの夢』を手に取ったが、読んでいく間ずっと耳のそばに桂川みねという少女の声を聴いていた気がする。実際はその語り手が八十歳を超えた老女と知りながら、いざ本を開くと瞬時にして老女は少女に入れ替わるのだ。

私がそれをあらためて自覚できたのは、『名ごりの夢』が、平凡社の「東洋文庫」で半世紀以上も版を重ねた後、このたび平凡社ライブラリーとして刊行が決まって解説の役を請けることになってからである。久しく手に触れなかった『名ごりの夢』は、本棚の奥で渋茶色に変わっていた。年老いた人間の皮膚のような雰囲気を醸していたが、それなのに表紙を開いて頁を繰ると、たちまち懐かしい少女の声が蘇ってくる。鳥肌が立つようだった。

まさに『名ごりの夢』は、明治維新の激動の政変を潜り抜けた老女が、めくるめく〈少女返り〉した物語ではないだろうか。一見ミスマッチのようにとれるかもしれないが、『名ごりの夢』の横に、『アンネの日記』の、あの痩せて大きな眸《ひとみ》をした少女の像を置いてみる。髪を桃割れに結った振り袖の日本人娘と、ユダヤ系ドイツ人の娘と二人の共通点は、時代の激しい暗転期に快活でシニカルな少女特有の感受性をキラキラと発動させ続けたこと。くじけず、明朗で、賢くあり続けたこと。

アンネ・フランクの最期は人も知る悲劇だったが、みねは幕末から明治の激動期を生きて潜り抜けた。みねが遺した『名ごりの夢』は、息子の今泉源吉が発行する雑誌「みくに」に三年間の連載後、一冊にまとめて刊行された。往時を思い出して物語るみねの膝には孫たちが寄り、そばで文字に書き写すのは源吉の妻の役目だった。家族が集まる場からこの本は生まれた。

やがて『名ごりの夢』は読者の心を摑んで、昭和十六年に長崎書店から単行本となって刊行された。序文は法学者の尾佐竹猛が書いて、わが国の聞き書きの白眉とも評された。その後二十年余を経た昭和三十八年に、先に述べた平凡社「東洋文庫」に加えられ装い新たに蘇った。こちらの解説は作家の金子光晴の詳細な長文だった。そしてこのライブラリー版まで加えると八十年の歳月を経ている。

みねの享年は八十三だったが、『名ごりの夢』もそれにほぼ等しい星霜を生き続けたことになる。

サブタイトルに「蘭医桂川家に生まれて」とあるように、少女時代のみねの姓は桂川である。私の耳に響くのは桂川みねの語りだった。母・久邇《くに》は早く亡くなり、父・甫周はみねのために再婚をしなかった。父と娘の暮らしといえば淋しい家庭を想像しがちだが、桂川家は日本の蘭学の総本山といわれる存在だったから、洋学者たちが集まるいわば〈知の楽園〉である。幼い頃からみねはそんな人々のサロンを遊び場にして育った娘だった。

父の桂川甫周（国興《くにおき》）は七代目で、さかのぼる四代の甫周（国瑞《くにあきら》）は、三代の父・甫三が取り組んだ日本初となる西洋医学の翻訳書『解体新書』（通称ターヘル・アナトミア）の和蘭訳に尽力した。また甫三は完成本の一冊を将軍に献上して、洋学禁忌の咎《とが》めを免れている。徳川家の典医だからこそできた策である。みねの父・甫周も幕府の禁じる蘭日辞書『ズーフハルマ』の刊行を一家をあげて完遂した。みねが七歳の頃、甫周は西洋医学所（東京大学医学部の前身）の教授職にも就く。

こうして見ると桂川の屋敷は初期・洋学の私設学校であり、化学の実験所であり、書物の出版所であり、書生や当代名だたる学者たちの集まる憩いのサロンでもあって、少女みねにとっては尾佐竹猛が序文でいう、まだ日本のどこにもない〈新しき自由なるホーム〉だった。

そんなわけで『名ごりの夢』の冒頭でみねが語る懐かしい人々は、客人というより食客、家族も同然の柳河春三や宇都宮三郎らである。柳河は幕末の新聞の開祖だ。独学で蘭・仏・英・独語を自在にあやつり、みなで寄り合えば即興の歌を作り、手踊りに興じた。

宇都宮三郎は日本の化学鉱学の先覚で、「化学」の語を定着させたのも彼である。桂川の庭で人夫達を指揮してセメントの原料の石を削り粉に砕いたという。そのうち彼は邸内に自分の西洋館を建てて住み始め、国元から呼び出しがきても帰らない。甫周に心酔して、「これがノウとのさん、あれがノウとのさん」とそばを離れず、甫周が厠《かわや》に入ると戸の外から話していたという。

洋学が禁じられていた時代に、彼らが底抜けのおおらかさで学問に取り組んでいられたのは、初めから立身出世の途が閉ざされた身の一種の軽さによるものだろうか。蘭医桂川家が典医の高位である〈法眼〉を与えられたのも、外科という特殊な部門のせいである。そのぶん甫周は他の典医らの妬みを引き受けねばならなかった。面白い、面白いと表面は陽気に歌い、手踊りに興じる桂川の客人たちも、洋学の道を行く生きづらさを心中にかこっていたことだろう。

ここで気付くのはみねの周囲に女性の気配がないことだ。生後間もなく母・久邇が病死して、赤ん坊のみねを育てたのは甫周の妹の香月（ゆた）だった。桂川家の『ズーフハルマ』刊行のときも彼女は参加している。生涯独身で、今でいう兄の秘書のような役ではなかったか。そんな香月もみねが八歳のとき流行の麻疹に罹って早逝した。

むろん邸内には下働きの女たちはいた。家中の雨戸を開ける役、夜に行灯を点ける役など分担ごとに、つるじ、かめじ、などと名前が決まっていたようだとみねは述懐している。しかしみねが彼女たちと遊んだ話はない。昔の映画を観ると年取ったばあやなどが出てくるが、それもない。

みねは屋敷の女たちよりも、着物も構わず金銭の勘定も抜けて、座敷踊りに興じるかとみれば突如、化学の講義など始める〈おじさん〉や〈おにいさん〉の虜《とりこ》になる。本当は八十の老女の苦労話になっても仕方ない聞き語りが、明るさとユーモアを含むのは、そんな〈おじさん〉や〈おにいさん〉好きのみねの性分によるのだろう。

わけても福沢諭吉が出てくる場面は臨場感がある。新婚の福沢は中津藩の藩邸の長屋に住んでいて、桂川邸とは近いため常に出入りしていた。万延元年の遣米使節では、福沢は甫周の世話で軍艦奉行・木村摂津守の従者となり咸臨丸で渡米した。木村摂津守は早逝した母・久邇の弟だ。さらに文久元年の遣欧使節では幕臣として渡欧し、その成果は帰国後の『西洋事情』に著された。

当時みねは六つか七つで、洋行帰りの福沢の背中に負ぶわれて、中津藩邸の彼の家に行った。外には共同の井戸があって、家には玄関がなくそのまま二間の部屋に通る。負ぶわれたまま台所に入ると釜に眼が止まって自分のオモチャのようだと思う。福沢の妻は丸顔色白の女性だったそうで洗濯の最中である。

縁側の横の便所でみねはおしっこをした。昔の厠の便槽は深くて子どもには危ない。福沢がみねを抱いておしっこをさせたのだろう。それから福沢は机から外国土産を出してみねに与えた。羊羹に似ているが食べられず、水に濡らすと泡が出た。つまりシャボンである。もう一つは綺麗な細い布きれで髪に付けるリボンだ。みねは大層気に入る。福沢は子ども好きらしい。土産を持ってまた負ぶわれてみねは屋敷に帰った。

子どもの眼に映る情景の背後に、時代の幕が降りかけた黄昏の江戸が見える。それは現代人がついに見ることのできない風景だ。

現代人だけでなく、江戸の人々にも覗くことのできない場所が江戸城の奥である。『名ごりの夢』で最も印象的な話が、〈ちーばかま〉の一節だった。ある晩、公方様（将軍）が江戸城の広い広い奥座敷で脇息にもたれてうたた寝していると、どこからかチャカポコ、チャカポコと鼓の音がしてきた。はて何かと眺めれば、何十畳もある畳のへりからこびとの人形たちがぞろぞろ出てくる。よく見れば烏帽子《えぼし》装束狩衣《かりぎぬ》姿で鼓を持つ者、笛を握る者、愛らしい舞扇を手に踊り出した。

ちー、ちー、ちー袴《ばかま》
ちー狩衣に　ちー烏帽子
夜も更けて候に
カッポンカッポンカッポンポンポン

「はて今日の能は終わったが……」と気が付けば、こびとの姿は消えて春の宵の夢は醒め、残るのは一沫のさびしさ。

維新前の騒がしさのうちにも、徳川泰平の夢はなお続いている。将軍と奥医師の二人の親密な時間に、眠気覚ましだろうか将軍がこんな話をしたのだという。それを城から帰った甫周がみねに語ってきかせた。夢か幻か美しくも恐ろしい絵を見るような一齣である。

恐ろしいとは何が？　それはじりじりと徳川瓦解の刻が迫りくるのを知りながら、あらがう術がない。時代の流れという姿なき大きな歯車が回転し始めていたのである。

やがて桂川親子に嵐がやってくる。徳川幕府が倒れ、反旗を翻す武士たちは東北から蝦夷へと転戦の地を移していった。奥医師の甫周は将軍慶喜の恭順の意にならった。屋敷を出ると使用人の一人もいないはじめての親子二人だけの暮らしに身を落とす中で、甫周は製薬業などを試みている。新政府に仕える人物ではなかった。みねはそのとき十五歳だった。

最終章「嵐のあと」では、みねの身辺についてつらい話が多くなる。縁あって徳川幕府の敵陣地・九州は佐賀出身の今泉利春に嫁いだみねは、御所の障子の破れを指差しては徳川の怠慢を憤る夫に詫びる言葉もない。万事そんな逆境の中でも夫は心正しい人間で夫婦の絆が結ばれる。だがその利春も人生半ばで病没し、みねの長い後半生は続くのだったが、その辺りはくわしくは語られない。

やがて八十歳になったみねは、子や孫らに囲まれて穏やかな老女になっていた。「嵐のあと」の最終章をみねが短く切り上げたのは賢明だ。私たち読者は一人の娘の眼に映じた幕末の残照を見たいのである。女の一生の苦労談ではない。尾佐竹猛が『名ごりの夢』を〈女性文学中の北辰の光〉と評した。私はそこを少し変えて、〈少女文学の先駆の光〉とでも呼びたい。

（むらた　きよこ／作家）

[著者]
今泉みね（いまいずみ・みね）
1855年江戸生。桂川甫周次女、今泉利春夫人。1937年没。

[解説]
金子光晴（かねこ・みつはる）
1895年愛知県生。慶應義塾大学文学部中退。詩人。1975年没。主著『こがね虫』『鱶沈む』『鮫』。

平凡社ライブラリー 924

名《な》ごりの夢《ゆめ》 蘭医《らんい》桂《かつら》川《がわ》家《け》に生《うま》れて

発行日…………2021年11月10日　初版第１刷

著者……………今泉みね
発行者…………下中美都
発行所…………株式会社平凡社
〒101-0051　東京都千代田区神田神保町3-29
電話　(03)3230-6579［編集］
(03)3230-6573［営業］
振替　00180-0-29639

印刷・製本……藤原印刷株式会社
ＤＴＰ…………大連拓思科技有限公司＋平凡社制作
装幀……………中垣信夫

ISBN978-4-582-76924-1
NDC分類番号289.1　Ｂ６変型判(16.0cm)　総ページ302

平凡社ホームページ　https://www.heibonsha.co.jp/

落丁・乱丁本のお取り替えは小社読者サービス係まで直接お送りください（送料、小社負担）。

古典BL小説集

ラシルド＋森茉莉ほか著／笠間千浪編

兄弟、友人、年の差カップル――「やおい」文化勃興前の19世紀末から20世紀半ば、フランス、ドイツ、イギリスなどの女性作家たちによりすでに綴られていた男同士の物語。

【HLオリジナル版】

美少年尽くし

江戸男色談義

佐伯順子著

主従の契り、死と破滅――『色物語』『男色大鑑』などのエピソードを軽やかに紹介し、江戸期に称揚された美少年愛に、はかない日本的＝男色的美学を見出す。

解説＝高橋睦郎

芸者

苦闘の半生涯

増田小夜著

幼くして芸者に売られた著者が、戦中から戦後に及ぶ自らの数奇な半生を、素朴な、しかし迫力にみちた筆致で綴る自伝。歴史の裏面に埋もれた生がいま再び甦る。

解説＝小田三月

自分ひとりの部屋

ヴァージニア・ウルフ著／片山亜紀訳

「女性が小説を書こうと思うなら、お金と自分ひとりの部屋を持たねばならない」――ものを書きたかった／書こうとした女性たちの歴史を紡ぐ名随想、新訳で登場。

【HLオリジナル版】

三ギニー

戦争を阻止するために

ヴァージニア・ウルフ著／片山亜紀訳

教育や職業の場での女性に対する直接的・制度的差別が、戦争と通底する暴力行為であることを明らかにし、戦争なき未来のための姿勢を三ギニーの寄付行為になぞらえ提示する。

【HLオリジナル版】